奥山晄

春を待つ

目次

カバー(エッチング)
安井　寿磨子
写真
奥山　晥

春を待つ

春の夢

子供の頃には春を迎えると、野や山へ摘草によく出かけた。蓬《よもぎ》や土筆《つくし》や芹《せり》を摘んだ。春も深まると虎杖《いたどり》の若芽を摘みに行った。野の草を摘みながら、春の匂いをかぎ、春の思いをとりどりに採集した。

私には忘れられない風景がある。この年齢《とし》になってもそれはこの世で見た一番美しい風景だ。十代の終りの頃、受験勉強に疲れると田圃道をよく彷徨した。早春の頃の夕暮れ、西の空が茜色で、赤や紫や金色に染まった雲が幟《のぼり》がはためくようにたなびいていた。急いで家に帰り色鉛筆で記憶をたよりにスケッチをした。絵の近景に私は小川を一筋書き添えた。

私たちは美意識だけでは生きられないが、美しいものに対する感動はどこの世に確かなものはない。そういえば、美意識も夢も誇りも苦悩さえ、何もかもが稀薄なものになってしまった。深く思う心をどこかに忘れたようだ。

改めて中野孝次の「清貧の思想」を読みかえしてみる。努めて批判的に読まなければと思いながら、ついつい一字一句が心に沁みて読了してしまう。

「現世での生存を能《あと》う限り、簡素にして心を風雅の世界に遊ばせることを人間としてのもっとも高尚な生き方とする文化の伝統」が日本には脈々としてあったことが語られる。極貧の暮らしなど私にできるはずもないのに心惹かれる。なぜだろう。

年齢のせいか、それとも長年の疲労の蓄積からくる厭戦気分か。あるいは底深いところで今生起している文化の大転換のせいか。いずれにしても50万部を超えるベストセラーになることに容易ならないものを感じる。

今年の春は何が起こるかわからない程に世情が不安である。何が起きてもおかしくない。しかし、「天が下に新しいものはない」というではないか。失業率が10％を超えることがあっても、生活水準が二割がた低下するとしても、そんなことは夢であってほしいけれど、しかし人類の歴史には少しも稀有のことではない。それと引換えに次の歌のような楽しみが取り戻せるなら、それはうれしい春の夢かもしれない。

たのしみは珍しき書人《ふみ》にかり
　始め一ひら広げたるとき

橘《たちばな》　曙覧《あけみ》

（1993・4）

春を待つ

休日の午後、旭川河畔の時々行く喫茶店へ出掛けた。窓辺の席に陣取り、持参したバブルの時代を検証した新聞記事がまとめられた本を読む。バブルの時代も遠い過去になったものだ。私もその時代の波に翻弄され、様々な体験をしたけれど、その時代の評価は難しいように思われ、今も時々思い出したようにバブルに関する本を読む。

風は冷たいけれど東の空は明るい。明日は立春である。やっと立春を迎えることができてほっと胸をなでおろす。今年は記録的暖冬で過ごしやすかったけれども、それでも冬は厳しい季節であることに変わりはない。寒い朝は床から離れづらい。夕暮れは早く、夜は長い。疲れて何をする気力も失せた体に、その所在無さがこたえる。どんよりとした空には気が滅入る。雨の日には身も心もかじかんで外出が疎ましい。雪に閉じ込められる北国の冬ではないけれど、春が待たれる。寒さに対する備えが充分でなく、厳しい冬を過ごした昔の人の春を待つ心に比ぶべくもないけれど、冬の間中春を恋焦がれる、それは習い性となっていて、暖かい冬であっても少しも変わらない。

年が改まり正月を迎えると、祝い事として過ごす日々は少し華やぐ。そして少しずつ陽射しが明るさを取り戻し、夕暮れが見る見る遅くなる。水仙の花をあちこちで見かける。ここまでくればもうしめたものだ。梅の花が咲き始め、さかきの花の甘いにおいが漂うと、やがて桜・桃と花の便りが届いて春本番になる。

喫茶店を出て土手の道を上流へ十分間も歩くとユリカモメが群れていて川面に浮いている。一斉に飛び上がり、又水面に舞い降りる。遠いけれど、瀬戸内海の汐の香りがするように思われた。そういえば鶯の初声をまだ聞かない。鶯が来るのは三月になってからだったか。何よりもヒバリの声を聞くのが待ち遠しい。

バブルが崩壊して早や十七年。十七回同じように春を待ちながら年齢を重ねてきた。バブルの発生そして崩壊した時代の意味をいまだに解きほぐすことができずにいるけれど、八〇年代、九〇年代、そして二十一世紀の幾年かを生き抜いたという確かな手ごたえは誇らしげなものとして感じることができる。生きて来た時代の意味を知ることがこれからの私の最大のテーマである。

（２００７・３）

佇む

桜が満開になった。

今年は花のさかりが好天のしかも休日で、絶好の行楽日和。家の近くには桜並木に縁どられた運動公園もあり、花に埋れた寺もあるけれど、今日は深い疲労があり、出掛ける元気が出ない。しかたなく午後を横になって過す。目を閉じて呼吸を数えて体を癒す。しかしそうしていても春は心に満ちて来る。いや、現実に花の下に身を置くよりも余計に強烈に花の春が感じられる。

桜におおいつくされた回廊を登る。遠く歩いて来た田の中の道が見える。眩しい、砂ぼこりのあがる境内を駆けた七才の春。それから五十余年、私の経験した幾多の春の思い出が次々に思い出されて、抽象されて一つの春の心象風景をむすぶ。ぼんやりした意識の中で、豊穣な春に酔う。

現実の花を見るよりも、心に咲く花を見る方がより現実的で真実味があることが、意外で驚きを感じる。私たちは余りに現実世界に比重を置きすぎていないか。そのことを信じすぎていないか。少し疑ってみる必要がありそうだ。

「目まぐるしい世界からはるか遠くはなれ、忙しさや虚しい快楽を忘れ去る。孤独とは何と優雅で穏やかだろう。」ワーズワース

そうなんだ。少し立ちどまる、ふりかえる。流れを逆流して生きてみる。ほの暗い部屋の中で静坐する。そこにこそ豊かな時間の流れがあり、人生の深い味わいがあることを私達は忘れている。夢想者という言葉などは今は死語である。

私たちはせかされて駆け続けている。駆けることが正義で善で、唯一意味のある生き方であるというトラウマを背負って。

その桎梏《しっこく》からぬけ出る作業が新しい時代に生きる第一歩となるであろう。

（2000・5）

全《まった》き心

梅雨の降りしきる雨の中、後楽園を撮影した。雨が激しくなると茶店や、流店の軒先で雨宿りした。流水がみるみる黄濁する。風が涼しい、撮影に好適な日ではないけれど、雨にけぶる花菖蒲をレンズで追いながら、いい時を過ごせていると思う。

いい時を過ごさなければならない。

こうして休日も、仕事の日も、勉強する時も、眠る時も、全てがいい時の集積でありたい。こんな単純な願いが叶わない。

強い心でいたい。朝に夕にそのことも願い続けるけれど、ともすれば心を弱くしていて叶わない望みだ。「全き心」でありたい。それがどんなものであるのか、それを我が物にするにはどうすればよいのか。全き心をいくつかの項目に整理し私の言葉で組み立てて、まず何よりも私のために座右に置いておきたい。

　心の暗い日、落ち着きを失う日には開いて読めるように。


　古いテレビ番組であるがＮＨＫの「シルクロード」を今も時に見直す。中央アジアの長い旅を少しだけ空想する。多くの王国が栄え、その全ての王国が滅びている。長い長い時間が流れた。

　強い陽射しが照り、風が吹きすさぶ。

　私は心の奥底でつぶやく。「もういいじゃないか」色々なものにとらわれている心がその風景を前にして開放される。

　イランの砂漠の中の道をカメラの視線で旅しながらそう思う。

　何事にもとらわれない心、絶対自由の心の実在を感じることができる。


　人生に意味がある。確かに貴い。

　しかし、そこにある山も川も森も路傍の石も何の意味もないけれど、そこに調和して存在している。

意味などなくていいのかもしれない。

それよりも、どこにいて何をしていても、周囲に溶け込んで存在できることのほうがより貴くはないか。

私は石のように動かず、雨に少しぬれながら、後楽園の疎水におどる雨滴にカメラを向け続けた。


（2003・7）

憩う

六月は一年の中で私のもっとも好きな季節だ。

意外と晴れてさわやかな日が多く、雨の日も涼しげで好ましい。

晴れの日、雨の日、雨あがりの日、いずれの日でも六月の風に吹かれていると、至福の時を持つことができる。

私はこの時を持つためにこの世に生まれたことを確信する。

六月の休日、庭で芝生を刈り、肥料を撒いて水をやる。汗にぬれた肌を風が吹きすぎる。午後の書斎で机に向かう。眠気がさすと横になってまどろむ。窓から風が流れ込む。

私たちはこの世に苦役のために来たのではなく、憩うために来たことを確信する。

何もしない時の積み重ねが人生であることが望ましい。余暇という言葉は「広辞苑」によれば、文字通り「余った時間・暇」とあるけれど、私には疑わしい。敢えて何もしない時間がこれ程までに甘美であるなら、その為にこそ生きなければ嘘である。

その上で生きていくに必要なだけは働かなければならない。少しだけは人とも交わり、人の為の力ともなり、楽しい遊びをしながら過したいものである。

社会が目標を喪失し、秩序が乱れ、安定を失い、次なる体制もシステムも当分は確立しない現代、緊張を要する生活がしばらくは強いられる。毎日毎日その日を懸命に生きなければならない。外の世界に心の安定は得がたいものとなった。だからこそ、私たちは軸足を変えて、憩いの時を基軸とし、社会へは遊撃隊となって立ち向かわなければならない。

その上、私は五十歳も半ばを過ぎて、夕暮れの涼しい風が私にささやく。

この世に生きるのも残りわずかだと。
その底声を耳にとどめて、物を見、物を考え、ふるまう。
落ち着かなければ。
慌てるほどに時は早く流れる。

(2000・6)

望ましい暮らし

蝉の声が途絶え、虫も声をひそめ、今朝は鳥も鳴かない。絶対のしじまといえるような秋の朝が来る。今年の秋こそは静かに暮らしたいと思う。

私のアンソロジー（詩華集）の第一ページは「希望」という題の作者不詳の文章であるが、その書き出しは次の通りである。

「騒がしくあわただしい毎日のなかで落ち着きを無くさないように。一日に数分でも静けさの時を作り心の平安を味わいなさい。」

出来ることなら数分ではなく、全ての時と場で心が静かであることを願う。しかし、静けさを確保するためには、外界を遮断しなければならないから、全ての時というのは難しいことだ。

今さら気に染まないことは決してしたくない。例えば大勢でにぎやかに酒を飲む場はできれば避けたい。喧騒、私には一番似合わない。人は人と交わらなければ生きられないのだから、意識としては孤独を願っていたい。人と交わることによって得られるものが得られなくても、それがどんなに貴重なものでも私は甘んじて受け入れたいと思う。

一方で、こういう時間を持ちたいという暮らしぶりがある。観光地でもない地方の町へ旅をして、行き当たりばったりの店で食事する。ご馳走でない料理を少し食べる。有名でない美術館や民芸館や博物館で展示品を見るでもなく椅子にかけてぼんやりする。甘美な時が流れる。そして何よりも山道を歩きたい。山の空気を胸一杯吸い込むと私は少しだけ生命のもとを得る気がする。だから少しは動かなければならない。

私は長い間、システム手帳と共に暮らしてきた。手帳を大切にして生きてきた。今年の計画も今月の計画も、今週、そして今日の計画もパーフェクトだった。休日だって予定なしに過ごしたことはない。出来事も心の表情も几帳面に記録に残した。そんなことが少し気に染まないことに思えてきた。私が手帳を手放す時、そのとき望ましい暮らしが完成するに違いない。

（2007・1）

花鳥風月

小鳥は本当に愛くるしい。十五年ほど前、山の中の家へ越してきた頃は、周りが全て雑木林で春には鶯が朝から鳴きしきり、安眠を妨げる程で閉口もしたが、そのかわいい鳴き声に免じて許せた。一段と春がたけると、ヒバリが枯れて芽の出ていない芝生を胸をそびやかせて散歩した。筧《かけい》の水に目白が二十羽も三十羽も一度にやってきて、文字通りの目白押しで水浴びするのは秋から冬へかけてのことだった。街中の道路の水溜りで水浴びするスズメさえ見ていて飽きることがない。

暑かった夏が行き、葉裏を返す風が秋を連れて来る。初秋の風に吹かれると、この風と共に多くの人々が往来したことが偲ばれる。夕風の中を近くの池の堤《つつみ》へ薄《すすき》を採りに行く。今夜は中秋の名月。猫ジャラシに萩も一枝添える。一点の雲もない空に、大きな明るい月が輝く様も又見ていて飽きない。気付けば虫の音の洪水だ。

花については今さら言うまでもなく、そのさまざまな美しさで私達の生活を潤し、豊かなものにしてくれる。十月散歩道は初めから終わりまで金木犀の香りに包まれている。空屋の庭に花ざかりの金木犀を一枝いただいて持って帰る。それだけで今夜の食卓は一度に秋めく。

花鳥風月を古来人は愛でて生活してきた。花鳥風月とは辞典によれば、天地自然の美しい景色、或いは風流な遊びと解説されているけれど、それは遊びというよりは、自然に溶け込んで生きるという、最も正しい生き方の実践であるだろう。自然の中からしか私達の生きる本源の力は得られないのに、それから離れ意識もせずに生きて、わずかばかりのエネルギーを得て、しかも大量に消耗して人間としての生命が全うできる訳はない。

（2007・10）

好日

私は六月の涼しげな風が大好きである。田植えの済んだ田んぼの眺めも好きで、その田の上を渡る風に吹かれることは無常の歓びである。六月の朝、犬を連れて散歩し、家から少し離れた高台の道端に腰掛けて、眼下の家並みとその向こうに広がる青い田を眺める。風に吹かれると犬も目を細め、耳を動かして爽やかな風に反応する。「気持ちがいいか？」と尋ねる。黒い瞳がうなずく。犬と会話ができるような錯覚におちいる。「帰りたくないな」又、犬もうなずいたように見えた。

十一月の半ば、夕暮れの中、旭川の堤防を車で南下する。河も岸辺も山もそして遠くの町も黄金色に染まっている。野焼きの煙のせいだろうか。黄金色が風景全体を滲ませ、蕩《とろ》けさせる。こんなにも美しい夕暮れをもたらした気象条件は何なのか。私にはわからないけれど、とりあえずその日の天気図を切り取った。
日本海に二つの高気圧があって、等圧線が日本列島を一本だけ緩やかに走っていた。

巡礼の日々はいずれの日も思い出深い。春に出掛けることが多いせいで桜の中を行くことが多い。土佐湾に面した漁港の遍路宿と舟宿を兼ねたような、質素な旅館に泊まる。港の朝は早い。午前五時サイレンが鳴る。六時、隣家から土佐弁で話す女の人の声が聞こえ、七時には露地に巡礼の鈴の音が響く。二十七番神峰寺はカーブの多い急坂を登った山上の寺である。参道沿いに植えられた桜並木が満開で折からの強風に吹雪のように舞いしきる。花の中を行く。そして祈る。手を合わせ祈る言葉が少しずつ明確になってくる。

心に染み入るような好日が年に何日かある。桜の吹く春にも、新緑の頃にも、そして爽やかな秋にも。思い出をたどれば、そのいくつかが鮮やかに思い出される。

五月の薫風にあぶられ、六月の涼風に吹かれ、そして輝く秋日に浸り、冬の陽だまりにうずくまって生きた時を持てただけでも、生きたという深い満足感があり、今少しそんな時を味わうためだけにも生きていたいと思う。

（2007・3）

私の宝物

一日のうちに、ほんの少しの時間でいいから、心が瑞々しくいられる。それが私には一番嬉しく貴いことである。心がしっとりと落ち着いて、周りの世界が美しく輝いて見える。そんな時間が持てることを楽しみに、私は生きて来た。それは私が十代の頃から少しも変わらない。私が生きている限り、これからも変わることはないだろう。心が生き生きと働いて、豊かにものが感じられるなら、他に何もほしいものはない。

葉を落とした雑木林の日溜りに腰を下ろす。凛とした冷気の中に近づく春を感じる。碧い冷たい空を眺めていると、苦悩と希望が入り交じった若い日の心がそのままに蘇ってくる。私の上を四十年の歳月が流れたのが嘘のようだ。或いは歳月は流れなかったと言うべきかもしれない。

なぜなら四十年という歳月は長いようでいて、まばたき一つのことだから。早春の冷たい風は折にふれて私を青年に少年にひきもどしてくれる。

古い神社の拝殿の、雨風に痛んで凹凸の激しい床に寝そべる。板の木目を眺めていると、神社を訪れた古今多くの人の足音と息づかいが聞こえてくる。何百年にもわたり降りそそいだ雨や雪、そして強い夏の日射しも感じられ味わいはつきない。

疎林の中で、神社で、私は惚けたように空ろな目で坐して動かない。私は幸せである。

瑞々しい感性さえ働くならば、静思する所が私の王国となり、小さな宇宙となる。

草むらにうずくまって、名前も知らない小さな花や葉や穂を凝視していると、私にはその小さな空間が宇宙の広さを持つように思われる。

私はじっと動かないでいても、遠くへ行ける。

慌ただしく動き回る必要はない。

「一枚の葉を手に入れれば、宇宙を手に入れることができる。」

画家の安田靫彦が小倉遊亀に送った言葉である。

心に美しい音楽が鳴っている。心に美しい風景が見えている。そうであるなら私は幸せである。感性こそは私の宝物であり、感性を大切に生きることが私が私として生きる根底である。澄みわたる心を失わない、守るためなら隠遁した人たちの系譜に連なることもいとわない。そんなことを思う今日この頃である。

（2007・2）

兼好法師

立冬も近いというのに、今年の秋は朝夕の冷気もなく、おだやかな晴天が続き、落葉樹も鮮やかに黄葉することなく、朽ちて落ちる。

静かな日々だけれど、秋らしい趣きを何ひとつ感じることもできず、秋は過ぎようとしている。朝、今日すべき仕事、目を通さなければならない書類、読みたい本を机の上に並べる。急ぐものは何もない、是非というものも何もない。出来ればいいし、出来なければそれでいい。

向かいのガラス張りのビルに青空が写り、白い雲が流れていく。仕事はどんどんと片付く。何本か架電する。気晴らしに書店へ出かけて、雑誌を一冊買い、喫茶店で目を通す。

喫茶店の窓辺のハナミズキの紅葉をぼんやり眺める。

兼好法師も一日中、ぼんやりと机に向っていた。有名な書き出しである。ぼんやりする。空想はどこまでも広がって、止め処がない。頭の中にしてみたいことが次々に浮かんでくる。してみたいことはいくらでもあるものだ。

今すぐ、ふらっと旅に出たい。旧友を訪ねて、積もる話の花を咲かせたい。…どのような願いも、叶えようと思えば、今なら叶えられる。残された時間のことを考えれば、ほしいものはすぐに手に入れるべきだと思う。空想、それは楽しいものであり、人を突き動かす力でもある。

多くのしたいことがある。多くのすべきことがある。するしないに関わらず、心の中にしたいこと等があることが豊かさであることは間違いない。しかし出来るからといって、欲するがままに動いていいものか、それは放縦というものではないか。

まじめに思念し、実現しようとする多くのものも、私が今こうしてとりとめもなく、空想していることと基本的に違いはない。考えたことを何でも行動に移して良いわけがない。また出来なくても、目くじらを立てるほどのことは何もない。出来たといってそれほど大きな意味のあることばかりでもない。なぜなら多くのものは欲望に振り回されて、かけまわったことにすぎないから。

真剣に取り組んでいるから、それは意義のあることであり、善であるとはいささか怪しげな決め事に思えてくる。「兼好法師は眼が冴えかえって、いよいよ物が見えすぎ、物が解りすぎる辛さを、『怪しうこそ、もの狂ほしけれ』と言ったのである。（中略）徒然なる心がどんなに沢山な事を感じ、どんなに沢山な事を言わずに我慢したか」（小林秀雄『徒然草』より）。私は皆がアタフタと怪しげに生きる時代を同じように忙しく生き、又半ばシニカルに眺めながらも狂おしい気持ちにはならない。

自浄作用として過ぎていく秋の気配に浸るために一日中郊外へ出て、美しいもみじの林の中でぼんやりしたいものである。或いは先日買い求めた「吉行淳之介短編集」を日溜りで読みふけりたいと思う。

（２００３・11）

天国

十二月に入ると、年末年始に向けての準備にとりかかる。

その中の一つに、年賀状のための住所カードの整理があって、新しいカードを作成したり住所を変更したり、そしてその年に亡くなった人のカードを点鬼簿《てんきぼ》というファイルへ移しかえる。

毎年何枚かのカードを点鬼簿へ移しかえるけれど、今年も知人が何人か亡くなって、その数が年々多くなっていく気がする。

私もそんな年齢を迎え、友人・知人も同じように年を重ねて行くのだから。

「死」ということの深い意味はまだ、理解できない。

それを迎える心の準備は整っていない。しかし、或る種の諦念《ていねん》が確かなものとしてある。

私は恵まれた人生を過ごすことができて、少しも思い残すことはない。死はいつ訪れるかわからないが、素直に受入れられそうな気がする。

それと、別に楽しみがある。

もしも、この世に対してあの世というものがあって、亡くなった人がそこで待ってくれているのなら、別れた人々に再会できる。

お父さん、お母さんにも会える。長話はないけれど、人生のことを簡単に報告しなければならない。

そして誰よりもシベリアへ抑留されて戦病死した兄に会いたい。私が一歳のとき出征したので何の記憶もない。だから是非会いたい。その兄のおかげで私は一生を健気に生きることが出来たのだから。どんなに悲しいこと、苦しいことがあっても、兄に比べれば、何でもないことだった。

「お兄さんの短かった人生の分も、私が長く、楽しく生きてきました。」

このお礼だけは言わねばならない。

若くして亡くなった人の記憶を、いつも胸の奥に秘めているのはいいことである。

もう一つ彼岸での楽しみがある。誰もがいつかはやってくる。私の後から来る人を待つ楽しみがある。私は、会いたい人だけを探したいと思う。

あの世が花園かどうかは知らない。しかし楽しみもあるから、天国と言う呼び名がついているのではないか。手を伸ばせば届くように冬の星がきらめいている。

「慌てることはないけれど、待っている。」というメッセージは空に満ちている。


（2003・12）

年末年始

私は二十数年間日誌をつけており、その日の予定や出来事を雑然とではあるが記録し、若干の感想も記してある。年末になるとそれを繙《ひもと》く。何度県外へ出掛けたかとか、映画は何を見たかとか、税務調査はいくつ受けたかとか書き出してみる。一年のうちの何日かは鮮明にその日の細部が思い出され、心の中にその折の感情をよみがえらせることのできる日もあるが、大部分は過去という名の暗闇に葬られている。生活を味わうゆとりをなくして、混乱した頭をかかえ、走りまわった一年だった。

一年間に計画したことの十分の一もできなかったとしても、とりあえずひと区切りついたという解放感で心をふくらませ、私は大晦日のあわただしい街へ正月用品の買物に出かける。買うものといって、とりたてて何もない。正月用のコーヒー豆とレコードを一枚、小説を一冊にゴルフボール一ダース。そして特別な意味をもった夜が来る。
元日の朝、最初に心にうつる思いやら、家族と最初に交わす会話の調子や、朝の天気にこだわることが少しずつすくなくなって、年があらたまるという感動を段々に失なっていった。子供の頃には元日の朝はいつもの朝と截然《せつぜん》と意味合いが違って感じられた。

苟日新　まことに日に新たに
日々新　日々に新たに
又日新　又日に新たなり
（「大学」より）

この地球に何十億年の歴史があろうとも、今日という日の訪れは初めてであり、その今日という日に生きていられるということを、感動をもって受けとめたいものである。

（1989・1）

しつらえ

正月には玄関にお飾りを飾り、神棚に鏡もちをそなえて、雑煮を食べ、初詣をする。新しい年を迎え心を新たに、一年の幸せを願う儀式として。

暗い空に冷たい風の鳴る日、戸外へ出かけるのはとても億劫だ。寒さがつらく感じられ、冬が忌わしい季節に思える。

しかしそんなときに、ジョージ・ウィンストンの「December」を聴くと、寒さをいやなものと感じるのではなく、逆に凛とした冷気が好ましくさえ思え、冬という季節を春を待ちながら楽しまなければという気持ちになれる。

「しつらえ」というものが必要なのだ。寒い季節を寒さをいやなものとして暮らすのと、寒さを前向きに受け止め、その季節を楽しむ心地になるのとでは大きな違いがある。

日本人はとりわけ四季の移ろいを大切にし四季をめでるために多くのしつらえをすることを習わしとしてきた。床に花を活け、掛軸、敷物等々季節が変るたびに住まい全体の模様替えをした。

心に赤い太陽を抱いていれば、寒さに耐えることができる。心に希望があれば毎日の労苦を乗り越えてゆける。感謝の念があれば全てのものが肯定的に受け止められる。

それらは心の〝しつらえ〟だと言える。

現代は生活の上のしつらえも、精神生活上のしつらえもおろそかにしてきて、その上わずかなしつらえも形骸化して、日々の暮らしの味わいを物質的に豊かな生活を獲得した割には味気ないものにしてきた。

正月を日本人は新春として寿《ことほ》ぐ。新しい年を迎え季節は冬の真中で寒さ厳しいけれど、心に新しい春の装いをしようという祈りだろう。

日射しが一日一日長くなる。
まもなく、山の畑に水仙が咲き梅の花も咲く。

（2002・12）

三つのデーモン

今年は親しい人を何人か亡くしたけれど、一方で多くの素晴しい人々にめぐり合う機会を得た。人との交際で誠意が大切なことは言うまでもないが、誠意以上のもの、誠心誠意では不十分で、命をかけてのつきあいが必要であることを学ばせてもらった。

私が初対面の人と名刺をかわす時、必ず、「晥」という名前を何と読むのですかと尋ねられる。これまで誰一人読んでくださった人はいない。

父が何かの道で図抜けるように、日本一になるようにとつけてくれた。字義は、〃宵の明星〃で「泥棒でもいいから、日本一の泥棒になれ」というのが明治二十八年生まれの父の口ぐせだった。幼な心に繰りかえし、心の暗部にふきこまれたその呪文は消えることなく、年令と共に鮮明さを増してくる。その呪文に収縛されて、不似合いな闘争心の熾《おき》をもやす。

仏心寺の東の森陰で夕暮れ、白いショートパンツにティーシャツ姿の若い女性が車を洗っているのを目にとめた。休日の終りに車の手入れをする、そんなゆとりをなくして久しい。仕事のことだけで頭を一杯にして、何のために息せききって働き続けているのか。肥大した経済的欲求だけでないことを、又虚栄心だけでないことを自問自答してみるが、少しばかり心もとない。経済的動機こそ、人をつき動かす最大のものであることは明確であり、それは父から、遠い昔、陰翳濃い二階の父の部屋で、ふきこまれた謎ではなく、遠い祖先から受け継いだ、人間の血の中にひそむデーモン（悪魔）であるにちがいない。

感性の時代だと言われる。感性を磨ぎ澄ませと言う。私は具体的事物に対する関心を失ない、外界に対する観察力をなくして、時にうつけ者の様になってしまう。いやずっとそうかもしれない。感性の働き方が抽象的で、感情的、情緒的になってしまう。ただ、調和のとれた時の甘美な陶酔感がこれ又デーモンだ。私を金縛りにして、怠け者にしてしまう。

夢見心地のそんな私を、真青な秋空から、ユラユラとクレーンが舞い
降りて来て驚かせる。

（1986・11）

言霊　―ことだま―

年中、陽のあたらないアパートに住んでいた頃、テレビもなくラジオだけが唯一の楽しみだった。ラジオドラマもよく聴いた。忘れられないラジオドラマのひとこまがある。

吹雪の道を重い荷を引いて行く馬を見て、

「かわいそうに」と或る人が声をかけた。

「仕事がなければ、もっとつらいよ。」

馬の持ち主は答えた。三陸地方を舞台にしたそのドラマに神主さんが登場し、自分の仕事を次のように説明した。

「お祓いをあげるというのは景気づけをすることだよ。元気を出すようにと。」

厳しい冬の自然の中で生きる人々のドラマの中でその言葉が大変印象

的であった。

会計事務所の仕事もきわめて似たものであると常々思う。経営者の皆様が元気がでるように力づける、それが一番大切なことではないかと。おつきあいをしていいただく中で、少しでも勇気がわき、又或る時は疲れをいやしていいただける、そんな存在であり続けたいと熱望します。

歩行の不自由な人が歩いた話を信じますか。聖水を飲んで、或いは徳の高い僧の祈祷で歩けなかった者が立ち、歩き始める話がよくありますが、あなたは信じられますか。私は信じるも信じないも、その経験をした一人です。五才の頃、左足の膝の関節炎にかかり、足を折りまげた状態で長い間立てませんでした。竜之口山の霊場で修行していた人が――当時かなり高令の方でしたが――手に剣をかざし、びっくりする程大きな気合をかけてから、

「もう歩けるよ」と私に言いました。

やさしい声でしたが、その場のあらがいがたい雰囲気に私は立ちあがりました。その時足に走った激痛を生涯忘れることはできません。それ

から十年間以上も膝を折ってから伸す度に呻くような痛みがありましたが次第にそれも薄れ、普通に歩いたり、走ったり出来るようになりました。

あの時、あの言葉がなければ、私はずっと立つことはなく、人生は変ったものとなっていたことでしょう。言葉の持つ強い力を信じて、今年も仕事にとりくみたいと思います。

（1990・1）

働くこと（その一）

五十年近く生きてきて、辛かったことは何だろうか。或いは悲しかったことは何だろうかと考えた時、私にはそれが仕事に関することばかりのような気がする。肉親を失うことは悲しいことだけれど、それはどこか観念的で生命のあるものの必然として、私は冷徹にその事実をながめていることができた。父が亡くなった時、私はまだ学生だったが、通夜までの日中、町の病院にいても手もちぶさたで母が「映画でも観に行ったら」と声をかけてくれたので、マカロニウエスタンの嚆矢《こうし》となった映画を観に行った。そんなサバサバした母だったから、母が亡くなった時も、その死の前の数ヵ月間の苦しみから母が解放されたことを私は悲しむと同時によろこんだ。

若い頃、恋人と別れた時に、私は悲しみながら自分がナルシズムに酔っていることを知っていた。「歯痛に苦しむ人は、痛い痛いと言いながら、その歯痛を楽しんでいる。」と言ったのはドストエフスキーだが、確かに私達には嗜虐的性向があるけれど、仕事に関していえばそれは当てはまらない。

仕事の辛さはこたえた。

まず最初に仕事がないという辛さがこたえた。大学四年の夏就職がなかなか決まらなくて、帰省もできず、名古屋や広島までも求職の足を運び、その度に不採用の通知を受け取った。会社側から、採用してもらえなかった当時の私の風体、能力など今となっては大変興味深いが、当事者の私には悲しく大層こたえた。弱り目に祟り目というけれど、その不快な夏、夕涼みをしていて虫にさされそれが特別性の悪い虫だったらしく、激しく化膿し、高熱が出た。病院でもらった化膿止めの薬が強くて、胃をやられ、あまり吐いたことのない私が何度も胃液を吐いた。北に向った下宿の窓ごしに床に伏して見た夏の雲を忘れることはできない。

一旦就職した職場がなじめなくて、結局やめたのだけれど、その二年足らずの日々は悲しさを通り越した生活だった。退職することを母に知らせに帰省したら、母は病気で床に伏していた。心配だけはさせたくなくて、言い出しかねた。そして又、半年私は耐えた。運送会社だったが、朝作業服を着ると、吐き気がした。

そして、約二年間の呻吟の末に、退職の決断を下した時、私は将来の展望も、夢も、当然のことながら生活の基盤も無かったけれど人生の勝利者になった位に、晴れやかであった。それから何年間も、荷物をかついでいる夢を見て、まだ辞められないのかと悲しくなり、眠りからさめて夢であったことに安堵した。

（1991・3）

働くこと（その二）

少しばかり早すぎる自叙伝のようで、自分でも嫌な気がするけれど、もう少し昔のことを思い出して見たい。なぜなら、働くことは今でも私にはその意味が時に不確かなものに思われるから。

昭和四十四年一月から六月まで半年間、失業保険の給付を受けて暮らした。これから先、何をして生きてゆけばいいのか、皆目見当のたたない再出発だった。今のように求人情報があふれている時代ではなかった。職安の窓口の担当者も求職票をながめながら、「あなたにふさわしい職場はむつかしいですね。自分で見つけて下さい。」とそっけなかった。

一日中アパートにこもっていると、夕方に声が出ないのではないかと、独言《ひとりごと》をいってみた。空腹で眠れない夜には、お腹に重たい辞書を抱いて寝ると気がまぎれることも覚えた。誰がさしたのか記憶にないが、黄色い水仙が一輪、飾り気のない部屋に春を告げていた。やっと光の届く海底に棲む魚になったような気がした。

失業保険はいつまでももらえない。生活をする術を考えなければならない。気に入る職場もないし、会社員になることも気にそまない。気ままに一人ぼっちで、自分の心を大切にして生きてゆくのには職人が一番いいと気が付いた。しかし、今さら植木職人にも調理人にもなれそうになかったから経理の道を選んだ。腕に職をつければ日本中どこへ流れていっても何とか食ってゆけるだろう。この考えが当時の私には大変気に入った。そしてその気持は驚く程少しも変わっていない。それから八年間の修行の後、昭和五十二年税理士事務所を開業した。

それから十四年間事業をやってきて、多少働くことに対する確信や事業観らしきものの萌芽を得た気がするけれど、怪しいものだ。昔のことを思い出していると、当時と少しも変わらない気持が胸底で、どっかりとあぐらをかいている。

「少しやりすぎだよ。本末転倒もいいところだ。」そんな批判をしているようだ。

それに答える私の声はか細い。

働くことについて書けばきりがない。その命題はいつも謎めいているし、働くことは人が生きてゆくことの大きな部分を占める問題であるから。もう少し正確に言えば、「働くこと」に、「人を愛すること」を加えたら人生と等価であるに違いないから。

（1991・5）

働くことの意味

不遜な言い方だけれど、最近私はどこで何をしていても大変幸せでいられる。至福とさえ言っていい。書斎で本に向う時、電車を待ちながらホームで風に吹かれる時、何をしていても私は自分の魂と対面していて、魂と対話できていることが確信できる。そうすることが心を養うことであり、そのことが何よりも大切なことだという信念がもてるから自足し安心していられる。

そうは言っても生身の人間で感情も有るからしんどい時もあれば、不快な時も又暗い気持ちになることもある。しかしそんな感覚や感情に決して左右されない。そんなものは一時的なもので長続きせず、一晩ぐっすり眠れさえすれば、或いはやっかいな場合でも一、二カ月も経てば消えてしまう。病んだ猫が物陰で静かに臥していているように私も又待てるようになった。

とりあえず心をここまで鍛えられたのは間違いなく激しかった労働を通してである。働くという局面では人間は素顔のままで、多少仮面で装って見てもその業と欲は隠しようがなく、そこで揉まれることは僧堂の中の修行に遜色ない。そしてさらに成長することを保証してくれるものも激しく正しく働く以外にないと確信している。

経済的動機がないなら、つまりお金が有って、そのために働く必要がない場合、働かなくて好きなことがいくらでもできるとしたら、この上もなく幸せだろうか。そういう人がいくら文化的香気を漂わせようと私はそれを認めようとは思わない。

人間は労働を通してのみ社会と関係を結ぶことができ、人間は社会的動物としてしか生きられないのだから。つたない比喩であるけれど、働くことは植物の根の部分であり、根がしっかりと張って初めて、花も咲き実もなると、いささか古い江戸時代の「石門心学」に近い考え方を新入社員に私は教える。

どこまでも難しいのは正しい量を働くことと、正しい方向で舵を取ることである。

（1993・10）

齢《よわい》を重ねる

去年の七月十一日で五十歳になった、誕生日の祝いに自分で小さなステレオを買いに出かけた。寝室にセットして音楽を流すとそこも又知的空間になったようでうれしかった。ささやかな祝いの夕食の後、周りが暗闇になるのを待って、書斎で記念撮影をした。部屋を暗くしてスタンド一つだけ灯りをともし机に向う私の顔だけを照らして、白黒のフイルムで撮影した。ゆっくりとシャッターの下りる音が響いた。

二十四年前の正月に友人が気まぐれで私のポートレートを撮ってくれた。居間の掘りごたつに入って雑談をしている時だった。今も大切に額に入れている。暗闇の中に顔とカッターシャツだけが白く浮かびあがっている。当時私は失業中で仕事もなく、金もなければ何もない状態だったが、遥か遠くを見つめるような目をしていた。額の裏にはその友人がヴェルレーヌの詩を原語と日本語で書き込んでくれた。

Dis qu'as - tu fait, toique Voita. De ta jeunesse?

語れや君、若き日に何をかなせしや？

ほぼ四半世紀を経て、どのくらい相貌が変わっているか確認してみたくて、写真の出来上がりを楽しみに待った。写真を撮る前に手鏡の中の顔を覗きこんで二十四年経った割には、若々しくて余り痛んでいないといささかの自負心を抱いていた。

出来上がった写真を見て、私はレンズとフィルムと撮影技術を疑った。そこに写っていたのは夏風邪をひいていたとはいえ、疲れ果てて、苦渋に満ちた中年の男の肖像だった。

昭和の初期まで日本人の平均寿命は五十歳以下だったと聞いている。今は長い生命が許されるようになって、それはそれでありがたいことだけれど、それだけ生きることに高い技術も要求されるようになった。

二生を生きるという言葉があるかどうか知らないが、生命を二つ生きる位の覚悟がないと七十歳八十歳まで生きとおせないだろう。この五十年間生きてきたその支えとしたものが通用しなくなってきたことを痛感する。年齢的にそして時代の変化が同じ価値基準、行動スタイルを許さないように思う。今年のテーマは新しい生き方の探求である。そしてキャッチフレーズは「五十の手習い」ということになりそうだ。

（1994・1）

修行時代

私が経理の道へ入ったのは昭和四十四年のことで、三十年以上も昔のことである。昭和四十四年と言えば、学生運動が吹き荒れ安田講堂で全共闘と機動隊の攻防戦が行われた年であり、またアポロ11号が月への着陸に成功して人類が始めて月面に立った年でもあった。

当時は電算化の始まる前の時代で経理はすべてペンでの手書きであった。その業務を一言で言えば「転記と集計」作業のみであった。領収書から伝票を起票する。伝票から金銭出納帳へ、出納帳から元帳へ、そして試算表、決算書へと、集計作業をしながら転記が進む。インク瓶にペン先を浸し、快いペンの走る音が終日の友であった。

徒弟時代には限りなく単純作業が望ましい。単純作業の中で、澄み渡っていく心が、どんな世界であれ、その仕事の世界の本質的な部分、そのものに対する感性を習得して行く。そして三年後には任せられて業務上必要になるであろう税法の勉強をその期間心静かにすることができた。

時代が変わって、手書きの経理が姿を消し、コンピューターが処理をするようになって、転記と集計の作業はほぼ完全にその世界から姿を消した。単純作業はなくなった。別の種類の業務、機械のオペレーション、勘定科目の整理等その忙しさは少しも改善されないが、どの仕事も部分的で、つまり一部は機械がそして補完的に人の手が作業するということで全体が見えにくく習熟するレベルと到達点がわかりづらくなった。その上単純な仕事は機械がするため、難しい仕事しか残されていず、いきなり高いスキルが要求されるようになった。何よりも心静かに執務ができにくいように思われる。

しかし、いかなる状況であろうと、その中で自分なりの修行時代のスタイルを確立するしかない。心を研ぎ澄ますこと、今の業務に埋没してしまわず、次のステップを常に想定し、その備えをすること、その二点を特に留意するべきだと思う。

余談だが、私の修行時代には、昼休み同僚と漢字の書き取りをして楽しんだ。特殊な読みの漢字、成句熟語の多くを勉強した。仕事中に勉強することに何の遠慮もなかった。専門家として当然の事と思ったし、周囲もそうみていた。本も競い合って乱読し、世界を広げた。教養主義という言葉が生きていた時代のことだった。いよいよ専門性が要求される時代となり学ぶことの必要性が高まっている。

新しく社会に出られた方には成果の多い「修行時代」を過していただきたいと思います。

（1994・4）

１９７０年　夏

１９７０年は大阪で万国博覧会が開催された年である。そして、その年の夏初めて税理士試験を受験し、税理士という職業を目指した年でもある。

試験の前日、休暇をもらって試験の準備をすることにした。大阪の夏は暑く、大げさでなく一睡もできない夜が夏の間には幾日もあった。四畳半一間のアパートにはクーラーも、扇風機もなく、そよと涼風が吹いてくれたら、生命のわずかと交換しても良いと、まどろみながらいつも思った。夜でさえ寝苦しいのだから、昼間部屋にこもることは苦行のようだった。仕方なく、近くにある市立図書館へ出掛けたが、そこも入館待ちの長蛇の列であきらめざるを得なかった。

試験前日の午後、私は三時間ばかり市民プールに浸かって時間をつぶした。その日の夜も眠れなかった。試験当日も暑い日で、会場にはクーラーはなく、汗が滴りおちた。私は不覚にもハンカチも手ぬぐいも持っておらず、汗が答案用紙に落ちて、万年筆で書いた答案のあちこちがにじんで読めなくなった。判読不能の解答用紙を提出しながら、満足感と解放感を味わった。それでも年末には合格の通知があったのだから、まだのどかな時代であったといえる。試験の翌日の手帳の記録

「猛暑続く。常に大げさな俺だが死にそうな暑苦しさだ。母に手紙。『論文の書き方』読了」ちなみに試験日の最高気温三五・九度。

私の住んでいた町は阪急吹田駅の近くで、電車で二十分も北へ行くと万博会場があった。試験が済むと煉獄のようなアパートの一間が万国博の宿となった。友人や甥たちや友人の妹の高校生らが次々とやってきて、万博会場の熱気と興奮を運んでくれた。概して皆、暑さの中を並んだだけで何を見たのか正確に言える人はいなかった。ただ今までに見たこともないものを見、これから実現するであろう夢のような未来に漠然と興

奮し、幸福感に浸っていた。薄暗い小部屋がその夏だけは輝いていたような気がする。

１９７０年の夏は国民の胸に、輝かしい未来に向かって歩き続けるという、そして私の胸には生きてゆく手がかりを見つけたという、強烈なメルクマールを刻みつけた。

（２００１・10）

あるがままを受け入れる

夫婦の仲がうまくいくかどうか、五分五分。子供との関係も長い人生行路の最後まで良好であるかどうか、それも五分五分。親兄弟、職場での上司同僚、人間関係はどれも難しい。

経済的に安定しているかどうか。健康に恵まれているか。姿形はどうか。人間の幸せである為の条件には際限がない。

そんな項目を十項目も列挙して、Ｙｅｓ・Ｎｏで答えるとしたら、全項目にわたってＹｅｓである確率は算術的に千人に一人である。今は各項目について、ＹｅｓかＮｏか二分の一で計算したが、それぞれの項目についてＹｅｓである人が50%という前提は極めて疑わしい。仮に十分の一であるとしたら、どんな結果になるか。

幸せである為の条件があって、その条件をすべて満たす必要があるとしたら、この世の中に幸せな人は一人もいない。人間は有る物に目を向けず、無い物ばかり探し求めて生きている。そしてせっかくの有る物の大切さに気付かなくて、それさえ失ってしまう。

旅行をしているから幸せ。家族全員健康で問題がないから幸せ。仕事が過重でもなく、適量で順調だから幸せ。だとしたら、旅行中でない平凡な日常、家族の不和、仕事上のトラブル、身体の不調、金銭的不如意何もかもが不幸せの種になってしまう。特別なことが何もなくても、毎日をあるがままで受け入れる以外に幸福になる方途はない。与えられた能力も資質も、現在の年齢もあるがままで良い。

夜床について、今日はとてもいい一日だったと思える。明日もいい日が来ると確信できる。そんな日々を積み重ねて生きて行きたい。

（2001・10）

思い少なく

確かに〝人間は考える葦である〟。野に咲く花を美しいと感じる人にだけ、野の花は美しく咲いている。吹く風に秋を感じられればこそ、その季節の寂寥《せきりょう》感はある。友愛も憎悪も、平安も不安も、思う心がなければ存在しない。仕事のことで言えば、あれをしたい、これをしなければと気づき、実践されたものだけが業績として形を残してゆく。気づかなければこの世に何物も存在しない。思いの少ない世界は虚しいものである。思うがゆえに人間は尊い存在である。しかしそれはなぜ弱々しい葦と称されるのか。

思考・感性は人を人たらしめる貴い働きであるけれど、そのことを買いかぶりすぎてはいけない。残念なことであるけれど、思考は有用である反面、その半分以上、極論すればその大部分が無意味なものである。無意味以上有害でさえある。思わずもがなの事を思い続ける。邪念、妄想、曲解誤解、憎しみ、怒り、怖れ、取り越し苦労等々。考えるから、感じるから、問題が発生し、苦悩が生まれる。人を苦しめるものは心である。

曹源寺の方丈さんの法話で忘れられないものがある。「人は軽やかに生きなければならないのに、衣服よりも重いものをいつも身につけている。」それは頭、つまり思念であると言われた。「軽やかに生きるために思念を捨てなければならない。無念無想である。そして無念無想とは全てのものを鋭く認識しながら、何ものの上にも思いがとどまらない状態である。」と話された。

思いを少なくしようとする目的は、不必要な心の働きを排除しようとすることである。心の働きを制御するスタート地点に立とうとする意識付けである。

しかしながら、何も考えまいとして人は、かえって雑多な思いに襲われ、振り回される。苦悩・困難に直面したとき、人の感じる力、考える力は思いを少なくする方向にではなく、逆にバイブレーションを受けたかのように、強大に働き、苦悩を深める。

その深い懊悩《おうのう》を超克できた人だけが心を統御する術を身につけることができる。

そのことこそ、苦悩を乗り越えた人にだけ与えられる輝きの秘密である。

（２００２・10）

神様のごほうび

私は神主の家に生まれた。住まいは神社とは別だったが、神様に祈ることは毎日の生活の一部だった。家の手伝いといえば境内の掃きそうじだった。

神様にむかい手を合わせ、今日一日の無事を祈ることは子供の頃から今日まで欠かしたことのない習慣である。今でも山の上のお宮へ、月参りを欠かさない。

私はいつも次のように考えている。

「私たちは目に見えない偉大な力によって生かされている。宇宙のパワーと言ってもよいし、それを神様と呼んでもいい。そして神様のなさることには何一つ間違いはない。

どんなに理不尽なことであっても、苦難や悲痛に満ちたことであろうと、それは目に見えない超特な力のなせるわざであって、身も心もその力にゆだねるのがいい。あるがままを受け入れて生きること程大切なことはない。」

だから私には「運が良い」とか「運がわるい」という概念が存在しない。しかし大切な心がまえは、幾つかある。

・どんな出来事に対しても、肯定的に受けとめて、よい意味を見い出す。
・何事も真正面から受けとめて、逃げない。問題があれば具体的解決策を考える。
・場面によっては激しく闘争心を燃やす必要がある。人生は平穏無事に過ごすには長く、多くの困難が待ちかまえているから。

運が悪いということは解決しなければならない課題をかかえることだろう。しかし解決不可能な課題はなく、解決した時に人は多くの果実を得ることができる。

解決することが不可能なようなことも、長い時の流れはすべてを氷解させてしまう。

又、別の確信がある。

それは人のために尽くした時だけ、神様は「ごほうび」を下さるような気がする。私たちは普段、経済社会に生きていてすべての行為が等価交換が前提になっている。

もらうものに等しいものを返す。そのバランスを少し崩して、骨折り損・自己犠牲、つまり与えられるものを考慮せずに与え続けた時に、その後で必ず何か良い事が起きる。

すぐであるか、長い歳月の後であるか、それはわからない。神様はいつも見ていて下さる。

そう信じて生きることも、私の信条である。


（2003・9）

頑張らなくていいんだよ

目標を持つことの大切さを主張する声が喧《かまびす》しい。それは今や常識になっている。確かに目標設定しなければ人生は始まらない。目標を常に意識して生きるしか目標を実現する方法はなく、高い目標を掲げることほど尊いことはない。しかしあえて私は逆説を述べてみたい。目標を持つことの危険さを考えてみたい。本当に目標を持つことは、言われるほど大切なことなのか。目標を持つとして正しい目標を持つことは可能なのか。

映画「ハリーポッター」に、魔法の学校の校長が〝胸の奥の強い望みを映す鏡〟を前にハリーを諭す場面がある。「この鏡で多くの若者が身を滅ぼした。鏡は真実も事実も与えてくれない。夢にふけって、生きることを忘れてはならない。」と。

百人の人が高い目標を掲げそれに向って努力して、大願成就する確立は何パーセントだろうか。大多数の人は夢破れる。

目標を達成することと、人が幸せであることを同義のことだと私たちは暗黙のうちに理解している。もしもそうであるなら夢破れた多くの人は挫折感という不幸を背負わなければならない。そして目標を達成した多くの人が必ずしもそれだけで幸せでないのが現実である。まず一番に夢見ること、その夢を実現することと、人の幸福とはあまり関係がない。

次に、人には分相応ということがある。自由競争社会で、万人に高等教育の場が開かれ、職業選択も自由で、知価社会だから誰もが高い知恵の獲得に努力することはできるようになったが、それが誰にでも実現可能という訳ではない。

しかも、正しい自己認識は難しいことだ。人にはそれぞれ向き不向きがあり、適性というものがある。身の丈に合った道で楽しく生きることが、最善である。不相応な目標を持つことは、不幸なことである。

さらに、目標をもつ場合、人は必ず、今ないものの獲得、今より上質の生活の実現を目指す。そして、それらが経済的価値に関わることが多い。しかし万人がそういう意味の上昇志向を目指せる時代は終わってしまった。

目標と現実のギャップに奮起して人は頑張る。しかしその溝はなかなか埋まらない。その頑張りが次第に苦しみに変わる。やがて落胆が来る。顔をゆがめて頑張り、そして意気阻喪する。重ねて、悲劇が待っている。そもそも目標設定が100パーセント正しいという保証はない。目指したものが間違っていたなら人生が台無しになってしまう。

目標設定に対する疑義の四番目である。

目標を持つことの否定的側面をいくつか述べてきたけれども、目標が大切であることはいささかの揺るぎもない。

だが、正しい目標設定の出来る戦略的思考力が前提であること、そして目標と現実のギャップに苦しむのではなく、そのギャップを受け入れる心のゆとり、そのギャップを楽しむことの出来る心こそが何より大切なことである。

私は母が四十二歳の時に生まれた。分別をわきまえた年齢であった。物心ついてから私に口ぐせのように言った言葉は「頑張らなくていいんだよ」である。

苦難に満ちた生涯を生きて得た至宝の知恵であったのだろう。

（2003・9）

七つの大罪

キリスト教神学に「七つの大罪」という考え方がある。

ちなみにそれらは、傲慢・嫉妬・暴食・色欲・怠惰・貪欲・憤怒である。

全てではないけれど、そのいくつかの罪を、私は今も犯している。

そして大罪とまでは言えないけれど、かくありたいと願いながら、私に未だにできない七つのことがある。命のあるうちに実現できるかどうかわからない永遠の課題である。

(1)心と体のことがいつも心にかかっていて忘れられない。
その時その時の感情に振り回され、また体のどこかの不調がいつも心にトゲのように突き刺さっている。

心身のことは神様にゆだね、忘れて安心して生きていたいものである。

(2)寛容・宥恕の精神から遠い。

中村天風は花も馬糞も同じように照らす太陽のような偏頗《へんぱ》でない愛を、というけれど、ある人は愛せるけれど、そうでない多くの人を持っている。

(3)時間に縛られている。時間を切り売りしながら生きている。時間管理には習熟しているけれど、そのことが息苦しい。気ままにして誤らない。そうありたいものである。

(4)何のために生きるか。その根本的な問いかけに対する答えができない。あいまいで、時間と共にうつろい気味で、確固たる決意になりえていない。

(5)これは「七つの大罪」の一つであるが、貪欲さから逃れられない。多くのものをほしがる、多くのことをあてにする。あるだけのものでいいのに、できるだけのことでいいのに。

(6)強い心が持てない。

(7)楽しめていない。楽しい時もあるが、そうでない時もありすべての時と場で楽しめていない。全ての季節の趣を味わえていない。

いつまでも不完全である。未完成である。

そのことを受入たいと思う。

七を七十倍するほど罪深くても、許したいと思う。異常さも個性なのだと誇りたいと思う。目指すべき道は見えたのだから。

絶対自由・自由無碍《むげ》、そんな世界へ向けて、そう多くない残された時間歩き続けなければならない。


（2003・10）

取り入れたいと思う。シャッターを切っている時間はそのほかのことを全て忘れられる。被写体を求めて歩くことは結構運動にもなる。良い趣味だと思う。

未だにテーマが決まらないと書いたけれど、窃かにもくろみとして持っている願いがある。それは幸福な情景を写したいということである。何であれ、私が幸福感を感じるときに、その感じるものを写したい。

それと一度でいいから、夢の中で夢に見る美しい風景に向けて、シャッターを切りたいものである。

（2003・10）

今日という日を生きていること

青い空の下を歩いていること

「生きていることを歓び」

とすることに勝るものはない

多忙さ、世事に埋もれて
忘れている大切なもの

自然・故郷・時の流れ

耳をすまし、目を凝らせば
それらは感じられ
感じられる時だけ豊かで
生命の源流に触れている

しばらく目を閉じて、
深い呼吸をすれば、
しばらく横になって
まどろめば
きっと分かるだろう

失ったように思える
「心の王国」が
すぐ傍にあることを

水と語る

水と共に過ごす

水と共に生きる

漂泊の思い止まず

心が変わる
世界が変わる
風景が変わる
空気が変わる

私は今まで
どこにいたのだろう
私は今まで
何をしていたのだろう
夢から醒めたように
新しい世界へ

基本を大切にする

誤解を怖れずに「頑張らなくていいんだよ」と私は書いた。頑張らなくていいのだけれど、無為に過ごすことを薦めているわけではない。

凡人が無為に過ごして楽しい訳はないし、横着でいて生きられる訳がない。

相田みつをの有名な言葉に、

「がんばらなくていいんだよ。具体的に動くことだね。」というのがある。さて、具体的に動くとは何のことだろうか。頭の中だけで煩悶《はんもん》するよりは、とにかく体を動かしてみようという意味だろうけれど、私なりにもう少し具体的に考えてみたい。

頑張ることよりも大切なことがある。それは基本を大切にすることである。ところが基本を身に付けず、基本を忘れて人はがむしゃらに頑張りがちなものである。そして懸命に努力してみても成果は出ない。何よりも私たちは基本を身に付けることに注力しなければならないと思う。まず一番に基本的なことを知らなければならない。私達は何のために生きるのか。人間はこれまでどのように生きてきて、今はどんな時代を生きているのか。生きていく上で最小限必要な規範は何なのか。

次に、基準行動ともいうべきものを身に付けるべきである。挨拶ができる、話す、聴く、見る、そして書ける、規律をもって生活が出来る。

三番目に職業上の知識も技術もその基本こそ習得しなければならない。基本的部分の理解を伴なわない枝葉末節の知識手法をいくら学んでも残念ながら力にはならない。

特に、私達が利便性を手に入れてから、学習はかえって難しいものになったのかもしれない。コピーによって大量の情報をたちどころに手に入れることができる。しかし集められた情報が有効に活用されて自分のものになったと言えるかどうかあやしいものである。

津和野の森鷗外旧居で見た森鷗外の膨大なノートを忘れられない。多忙を極めたであろう軍務の中で書物からの書き抜き、記録、小説の構想などが几帳面な字で書き連ねられていた。昔の人は根気よく手を動かして勉強をした。コピー・パソコン等便利さの中で基本とは何かが見えにくくなった。


「日の下に新しいものはない」とは至言である。

情報は氾濫しているけれど、大切なものは極めて少ない。惑わされてはならない。決してそこで頑張ってはならない。端座《たんざ》して机に向かい、少しばかりの大切な本を、ゆっくりと繰り返し読むべきである。吉田松陰の目にした書物の少なささこそ思うべきである。

この本は読破したという本が数冊あれば、人は豊かに、大きな実りを得ながら生きられるのではないか。


（2003・12）

夢を見る

解決できない仕事の上の問題に追いつめられる。車の事故に会う。或いは物を盗まれて途方にくれる。会いたくない人に会う。階段もない高い所から降りなければならない。そして未だに、学生時代の単位不足にうなされる。

目が覚めて夢でよかったと思う。いや、目を覚ます以外に解決する道はないと夢うつつに考える。とにかく、一度目を覚まそうと考える知恵が働く。現実には、仕事上の大きなストレスも、生活に悩ましい問題も抱えていない。それでも、夢の世界は多くの場合、多事多難である。顕在意識は統御できても、潜在意識の世界はいまだに制御不能。恥ずかしいけれどまるで、ゴミタメである。

夢を見る、夢を持つことは大切である。又、良いことであると一般的に言われて来た。現実が厳しい時には、せめて夢で快い一時を味わうことは甘美なものである。夢でなら現実に会い難い人にも会うことができる。それは古来歌のテーマでもある。夢を見ることが肯定的に語られる前提は苛酷な眼前の現実である。

私たちはそこまで苛烈な生活を強いられることはなくなった。恵まれて豊かな暮らしをしている。夢のような生活を手に入れて、逆に寝苦しい夜を過ごすようになった。悪い夢に追いかけられて、逃げるように目を覚ます。

殺人を犯した人が、時が過ぎ獄舎で悔い改めて、生起したことが夢であればと思い、夢から覚めることを請い願うこともあるだろう。しかしそれは夢ではない。とりかえしのつかない現実である。人をあやめる瞬間の心理はわからないが、まるで夢遊病者のように、現実を忘れて罪を犯すのではないだろうか。理性を失ってする人の行為は悪い夢を見ることにどこか似ている。

夢を見ること、夢を持つこと、夢の実現にむけて行動する、努力することが全て善であると単純に考えて良いのだろうか。夢には良い夢もあれば、悪い夢もある。夢を実現することで、私たちは豊かな暮らしを手に入れた。夢見ることとは、元来そのことを現実化しようとする力が働くものだ。だから、一方悪い夢も次々に現実化されている。今時、権利としての自己主張と共に、さまざまな思いを表現しようとする自己主張が喧しい。ブログとやらいうものが流行らしい。今は夢を見ることを謹む、思いを抑制する、肥大した心の世界を整理する、心を虚しくすることも必要なのではないか。

（2005・12）

最後の日

訪れたことは無いけれど、シルクロードの映像にはいつも心惹かれる。ユーラシア大陸の中央部、生命あるものの果てた砂と岩の世界が広がる。かつて繁栄した王国の旧跡は土くれでしかない。多くの国家が興亡し、いずれの王国も跡形もなく滅亡した。吹きすさぶ風がさびしい。群青色の空に輝く明けの明星もまた寂しい。

オリエント美術館で古代ペルシャの陶器の水差しにかつてそれを愛でた人の手を思う。

古い都、古い文物が私に語りかけてくるもの、それは間違いもなくやってくる、私のいない世界の実在である。私はいない、さらに私を記憶している人の誰もいない、私が生きた痕跡の何もない世界が到来する。それも※須臾《しゅゆ》の間に。

多くの年月を生きて、多くのことを考え感じ、多くの人生に触れた。多くのものを見、多くの音を聞き、至福の日々と煉獄の時を過ごした。いや、それらはほんのわずかなものであったかもしれない。訪れることの出来なかった土地、することの出来なかったこと、会えなかった人々、しかし思い残すことはないだろう。それよりも最後の日に、心に甦るものは何だろうか。

「野辺の散歩、車窓の眺め、無為に過ごした日々・・・・・」

呼吸が止まる。そのときを境に何も見えず、何も聞こえず、誰に会うこともない、私が考え感じた全てのことが消滅する。

その覚悟が確かなものであるなら、時々刻々見るもの全てこの世の名残である。生きていればこそ眺められる。そう思うと、微笑みをもって全てのものが眺められる。全てのものが、愛おしいものであり、許しあえる。

最後の日の朝の空を私は遠い昔に見たような気がする。しかしそんな訳はない。これ又、望むべく、ありえないことだが、最後の日に私の望むことは唯ひとつ、澄み切った意識で強い心でその刻を迎えられることである。

（2007・1）

※須臾（しゅゆ）…　しばらく

楽しむ

折りにふれ、暇さえあれば、楽しいことを探している。今日の朝、昼、夕方、そして夜、それぞれの時に何か楽しいことはないか、それぞれの時に楽しいことはなくても、一日に一つでいいから、楽しいことはないか。特別のことでなくていい。久しぶりに好きな蕎麦屋へ行くことや、見たかった映画をＤＶＤで観ること、そんなことで充分なのだ。本屋へ行くこと。神社へ参拝すること、人と会うこと、そんな普通のことを大きな楽しみにして予定する。

今日だけでなく、明日、明後日の楽しみを考える。天候の良い日も、暑い日も、寒い日も、それぞれの日に何か楽しいことを探しながら生きる。

毎日の決まりきった生活パターンそのものが、楽しみになると良い。朝の読書、仕事、夕方の運動、食事等々。楽しみを探すこと自体が心をうきうきさせる。それが楽しい。そしてすべての時が楽しみであり、すべての時、幸福感に包まれて生きることこそ、私の人生の目標である。せっかく生きている。楽しくなければ意味がない。

いくら一生懸命、楽しく生きようと努力しても、努力してもまだまだ足りないように思われる。雑駁《さっぱく》で粗雑な生活でしかなく、限られた生命を愛おしむことに欠けている気がしてならない。

楽しいことを考え続けることを習慣化すると同時に、心にはいつも喜びを感じさせるように努めなければならない。一瞬たりとも、心に不愉快な思いを持たせないという強い決意がいる。心をゆるめてはならない。平常の諸事万事に向き合う心が、それらのことを良いこと、うれしいこと、楽しいことと受けとめる心の形を決して崩さない。常に「すべて良し」と心の中で掛け声をかける。

『出来ないことがどんどんふえています。トイレまでも人の手をかりることになりました。でも神さま、目が見えます。耳もきこえます。字もかけます。口で歌えなくても頭と心とでさんびかが歌えます。風を心地よいと感じられます。人のやさしさをうれしいと思えます。「あ、り、が、と、う、ご、ざ、い、ま、す」と区切りながらいうことが出来ます・・・・』

（部分引用）柳田邦男「新・がん50人の勇気」（『文芸春秋2007年1月号』）

重い病気を患った人にだけ、神様の下さるごほうびはこれだ。

痛くない、しんどくない、動ける、食べられる、眠れる、新聞が読める。元気で職場へ行ける。元気で何々できる・・・・。

生きていることのすべてが輝く。

赤い夕陽に染まった近所の坂道を犬と散歩する。

人生に過不足はないと思う。長い人生で最高の瞬間を生きているという快感が体の奥から湧き出してくる。名状しがたい幸福感に浸りながら、生きるということの素晴らしさを改めて知る。この幸福感と人を愛することの幸福感さえ手に入れたなら、この世に生きた価値は充分である。

（２００７・１）

シンプルライフ

今日は何の予定もない休日である。涼しいうちは机に向かい、古い日誌を読み返し、物思いにふけり、文章を書く。疲れると庭に出て、芝生の草取りをする。午後はどう過ごそうか。昔読んで感動した本を取り出して、どこからでもいいから拾い読みをしよう。今日は『マディソン郡の橋』を広げよう。昨日届いた雑誌も読んで、夕方には相撲をテレビ観戦しよう。

朝起きて散歩する。洗顔する。ワイシャツの袖に手を通す。食事して出掛ける。通勤の車の列の中で私は出来るだけ深い呼吸をするように心掛ける。おなかがほかほかと暖かいとうれしい。アイデアがいくつか浮かんできてメモをする。アイデアが際限もなく膨らんで来ると車を停めなければならない。

事務所に着くと今日処理すべき仕事を机の上に並べる。通常の適量の業務があるだけで、特別なことは何もない。仕事は時の流れの中でいつしか処理して行けることを長年の体験で知っている。

月に一度は山のお宮へお参りし、やはり月に一度は散髪に行く。

何か良いことがあれば幸せであるとは、良いことがなければ不幸せであることと表裏である。何の良いこともなく、何の意図もなく、眼前のことをできる分だけ淡々とこなしながら生きる。

少しのものがあれば良い。仕事も、交友も読むのも一切の楽しみも。物は本当に最小限でいい。そして、生き方の幅さえ多くはいらない。

何も欲しがらない、望まない、風に吹かれるままに気ままに生きたいと思う。正しいことしか思わずそれでいて必要なことは心に浮かび、しかもその思いにとらわれない。

椅子に腰掛けている。静かに呼吸している。そこに居るといえば居るが、居ないとも言えた。私は透明人間だ。そして真の自由を獲得する。

（2007・1）

落ち着き

日常の生活で何が大切かと言って、心の落ち着きほど大切なものはない。心が落ち着いてさえいれば、後は大した問題はない。良い暮らしをするためのそれは出発点である。

心が落ち着きを失うとき、例えば、身の置き所のないような肉体的な苦痛や不快を感じる、また上擦《うわず》ってしまい不安感恐怖にさいなまれる。これ程つらいことはない。心の落ち着きをいつでも確保できるその方法を体得する位重要なことはない。

「心が落ち着いている、心が落ち着いている、と繰り返し唱える。

呼吸を整える。深く静かな呼吸をする。

息を数える。一、二、三・・・・三十まで。

光を感じるように努める。冬の朝の赤みのある陽射し。

風の音を聴く。身を切るように冷たい空気だが風はなく梢は動かない。鳥の声を探す。季節の移ろいをたどってみる。」

そうしているうちに心がどっしりとして来る。心が清透になる。心の静謐さほど、貴いものはない。反対に、心に怖れ、おののき不安があること程、いまいましいことはない。


何物に対するときも心落ち着けて対したい。神社へ参拝する。今まで以上に心を込めてお祈りをしよう。

一枚の絵を鑑賞する。絵の前で長い時間立ち尽くす。

新聞を読む。斜め読みでなく丁寧に読もう。

何事も粗雑にはしない。味わい尽くす。私という軸を決して動かさない。

仕事をする時も、人と会う時も、その覚悟を忘れないで、慌てず、上《うわ》擦《ず》らず、一呼吸置きながら、決して心の落ち着きを失わないように、習練しなければならない。

動作をゆっくりすることも肝要である。

居間のソファの定位置で、暇さえあれば庭の花水木の木を眺める。夏の深い緑の葉が次第に色づき、やがて一枚一枚と落葉し、裸木となり、又、芽が膨らんでくる。飽きることなく私は眺める。

ベッドに横座りして、軽い雑誌を広げたり、放心する。ベッドから西の空が見える。夕焼けを楽しめる。

そこに座れば心の落ち着く場所を持っている。又、愛読書があって、その本さえ読めば落ち着ける。好きな音楽があって、その音楽を聴けば心が和む。

心落ち着くものがいくつかある。それは幸せなことである。しかしもっと望ましい幸せがある。どこに居ても、すべての場所が居心地が良く、心落ち着く。すべての場所、すべての時、世界と調和していられる。それこそが最大の幸せである。

（2007・3）

思い出

思い出が一番の宝物である、ということは有り得る事である。人にはそれぞれたくさんの思い出があり、その中の或るものは繰り返し語られて、その人を象徴するエピソードとなり、又或るものは決して語られることのない秘め事として、心に刺さったトゲになってみたり、又逆に宝物として生涯心の中で輝き続ける。

思い出をどう扱うべきなのか、これはなかなか難題である。思い出はそもそもコントロール可能なものなのか、そして意図的な整理が必要なのか。年をとればとるほど、必然的に思い出は多くなり、同時に大切なものになってくる。

良い思い出を上手に思い返して時が過ごせるなら豊かな老後が少しは保証される。幾つかの思い出がいつでもクリアーに心に映像として描けるようであれば、緊急の時にそれが人を救い、慰め、力を与えることは有り得る。私は生きる力を頂くために心の中に浜辺や芝生で太陽をいっぱい浴びた思い出を繰り返し思い描いている。

私にとって思い出は充分有るか。自問してみて充分のものが有るといえる。多くのものを見、多くの事を体験してきた。忘れているだけだ。そして大切なものを抽出し整理する作業が未完結だ。

初夏になると今でも夏休みのかすかな感触を思い出す。青い空に高い雲、水浴びに蝉の声、大いなる開放感。臨海学校へ向かう電車の向こう座席に座った大学生らしい人の開襟シャツと手にしていたミルクキャラメルの黄色い箱が忘れられない。その隣に座った美しい人の花柄のワンピースと白い籐のバスケットも私には夏の休暇の象徴である。忘れられない思い出ではあるけれど、大切なものなのかどうか、それが良くわからない。

若い頃、たくさんの時間モーツアルトの音楽を聴いて過ごした。粗末なステレオでそして音楽喫茶で。今では決してかなわない時間の使い方だ。モーツアルトを聞いたことは思い出でもあり、同時に財産であると思う。再び同じ量の音楽を聴く時間は私には残されていない。同じことは本を読んだことにも、映画を観たことにもあてはまる。それはただの思い出ではなく人生の内実そのものなのだ。

思い出はあやふやなものではなくて、人が生きた事跡そのものを映している。懐古趣味でも世迷い言でもない。この世の一番の思い出は、好ましい人と共に過ごした日々のこと、それは空に太陽と月があるように実在の確かな手触りが消えることはない。

たくさんの思い出はあるか。それは楽しく美しい思い出か。楽しく美しい思い出が自在に取り出せたら、それはどんなにか素晴らしいことだろう。

（2007・3）

鍛える

私は生来《せいらい》、心が弱いと言える。プロ野球を観戦していても、贔屓のチームがピンチに立つ局面は見たくない。そんな場面になると、手許にある新聞を読んで目をそらすか、チャンネルを変えて、ピンチが過ぎるのを待つ。試合が長引いて夜更けになることがある。時に午後十一時を過ぎる。或いは、又冷たい雨が降り始める。私にはそんな試合を正視できない。争い事も好まない。病気も苦手だ。煩雑なことにも出来れば巻き込まれたくない。

そんな私が一時期或るトラブルに巻き込まれ、大きなストレスを抱えることになった。ストレスのかかった心は、元々弱かったものが、いよいよ弱くなり、意気地をなくした。

文字通り、そよと吹く風にもビクッとする状態で、家から出掛けるのも、人に会うのも億劫になった。

その頃、たまたま古い友人が、中村天風の『成功の実現』という本をプレゼントしてくれた。私の窮状を見かねてのことではなく、それは別の祝い事としての贈り物であった。たまたま手にしたその本を繰り返し読み、その都度メモし、ノートを書いた。天風のその他の本も繰り返し読んだ。毎朝の日課として。多くの言葉を心に刻み込んだ。

心の形について試行錯誤を繰り返し、弱かった心を強い心に鍛え直すために、何年間も秘かに勉強を続けた。

それで強い心は獲得できたか、いやいやそんなに簡単なことではない。何でもない日々がある。幸福と言っていい日もある。反対に不安に覆いつくされる日がある。焦燥感・倦怠感にさいなまれる日もある。

心は天国と地獄の間を行き来する。一日の中で何度も行き来することさえある。地獄から脱出するために、言葉・考え方・呼吸法を総動員して心機を転換する技術を磨いて行った。一時間で心機を転換できるようになる。次には十分間で気分を変えられる。それでも、その十分間は耐える力、忍ぶ力が必要である。

その耐える力こそ、究極の心の強さである。幸いなことだがその心の強さは誰にも間違いなく与えられている。それはうれしいことだが信じられることだ。意識して鍛錬することが必要である。

そして、心を鍛えることは、終生の課題だろう。今も毎朝、天風の本をひろげる。

いつの日にか、生きている全ての時間が百花繚乱の花園にいる気持ちで生きられるようになるまで修行は続く。そのためにはより多くの試練や苦痛が与えられて、心と向き合う時間が予定されている。

（2007・5）

老い

「これからは楽しい晩年が待っているよ。孫たちに囲まれ、旅をしたり、好きな本を読んだり、文章でも書きながら。」病後の私を励ますために周りの人がそんな声を掛けてくれる。幸せなことであるが、私にはそんな楽しく、豊かな老後が待っているのかもしれない。予定はできないが確かな見通しには思える。

私が老年に対して抱いているイメージはどちらかといえばネガティブなものである。体力・気力・知力の衰えは免れようがない。寝たきりで介護が必要になった介護施設や病院のお年寄りたち。同じように世話を受けている痴呆の人たち。そこまでではなくても愚痴っぽくなったり、怒りっぽくなったり、頑固になったり、暴力を振るったり。しっかりとした老人もいるにはいるが、それは例外にしか思えない。

私がやや早く病を与えられた原因の一つはこの老人に対する否定的な考え方かもしれない、と秘かに思っている。

どのように年齢を重ねて、好ましい老人になるのにはどうすればよいのか。これはなかなか難しい問題である。還暦を迎えた時、六十歳という年齢についてあれこれ考えてみたけれど、結局何の考えもまとまらなかった。その時の結論としては六十歳という年齢について考えることは余り意味がないということであった。

今は老いについて、答えが出ない。私が心の拠り所とする二人の先哲の言葉を並べて、これからの思索の出発点としておきたい。

「少年のときは当《まさ》に老成の工夫を著《あらわ》すべし
老成のときは当《まさ》に少年の志気を存《そん》すべし」
（佐藤一斎『言志録』三十四段）

「人間、時が来れば、一度は死ぬけれど、然し、生きている間は死んでないんだから、生きていられりゃ、齢なんか関係ないじゃないか。多々益々（心身を）研ぎ上げたらどうだ！そうすることが、つまり活きている間に一日一刻と雖《いえど》も、完全に活きることがこの貴重なる生命に与えられた、造物主への正当な義務である。」

（中村天風『天風瞑想録』七章）

自然のままで好ましい老人にはなれない。老成もしない。どうすれば立派な老いを迎えることができるのか。同時に避けることのできない老いをどう受容すればよいのか、その答えが見出せた時、私の病に奇跡が起きる条件が又一つ整うのだろう。

（２００７・６）

人生の答

「人は何のために生きるのか。」改めてそう問われて、その青臭い質問に私は明確に答えられない。最も大切な問題を、これまでもいつも念頭においていたつもりだが、日々の生活に追われて後まわしにして来たようだ。

私はこれまで何に命を賭《と》して生きてきたのだろうか。同じ意味の質問であるが、私は何を一番大切だと思い生きてきたのだろうか。漠然と次のように考えていた。

私に生まれながらに与えられた能力を向上させる、磨き上げる。そして仕事の上で存分に発揮する。頭を働かせることが多かったが、自慢めいて聞こえるけれど、結構良く働く頭で、振り返ってみて、楽しい営為であった。そしてやり遂げたことに悔いはない。しかし、人は何のために生きるのかという設問に対する答えとしては、仕事を頑張ったという意味以上のものはない。

次に大切に思って来たことは「心にいつも喜びを感じて生きる」ということである。

天風哲学の教えであるが、その教えを守り楽しく生きる術も身につけた。しかしこれも生きる日々の心の模様ではあっても、生きる目的には成りえていない。

病を得て、再び新しい生命を与えられるためには一段高い使命が求められ、使命が見出せたら、再生が許される。そんな風に思えてあれこれ思案してみるけれど、私には答えが見つけられない。概念的には自分のために生きるのではなく、誰かのお役に立つ生き方が求められていると思量される。しかしそれがピンとこない。乗り越えるべき大きな壁に思えた。

病状が厳しさを増し、考え方を変えて、居直ってもいいのではないかと思い始めた。もう一度元気になって動けるようになったら、自分の楽しいことだけをして生きたい。全ての時間誰に気兼ねも遠慮もせず、思いつくままに、わがまま気ままに生きてみたい。私はこれまでも結構わがままな人生を過ごして来たけれど、破目をはずすことはなかった。きわめてストイックであった。そんな生き方から卒業したい。さぞ神さまのお気に召さない答えだろう。私はそれでいいと思っている。最後には心の底の真実の声、魂の叫びに素直に耳を傾けてみるのもいいのではないか。これが私の人生に対する最後の回答である。

（2007・6）

身をゆだねる

日々安心して暮らしたいと願いながら、全く果たせないでいる。のどかな気持ちで毎日が生きられたら、どんなにか幸せだろう。人生の概ね大部分の日々はのどかにのんきに暮らせるものなのだ。時折、心悩ませる事件が起きる。事件は意外と多いかもしれない。その時々に苦闘し乗り越えてゆく。

身体の調子が乱れるとき、病気する、痛みが出る、そんな状態になると心は激しく動揺する。病状が進行し、見通しが立ちにくくなる。心の安定は損なわれてしまう。そんな時にこそ、病の平癒のために心の安定が望まれるのに、不安感にとらわれてしまう。どういう心構えでいればよいのか、答えが見えない。

私はこれまで、常に目に見えないもの（神様と呼んでいい）に守られて生きてきたと確信している。概ね恵まれていたし、多くの困難に遭遇したけれど、不思議なくらい、周囲の協力・支援をいただき知恵も生まれて難事を乗り越えることができた。私が誕生し、そして母が亡くなる日まで、毎朝欠かすことなく私の無事を願った母の祈りは天に届いている。私は私なりに神様に祈ることを大切にしてきた。祈りとは、目に見えないが大いなるものに守られていることを信じることだった。

そして、神様に守られてきたと同時に、神様のなさることは間違いないというのも私の確信となっている。振り返ってみて、どのような結果も肯首できた。腑に落ちないということは何もなかった。だから生命の終わりも神様の決められた時に間違いはない。神様の意志に従うだけでよい、と常々思っている。生命さえそう思い定めることができれば、一時的な肉体や精神の好不調も生身の人間には起こり得ることで、全て神様のなさるがままで良しとするしかない。

病気の時は病気でよい、そのようにその時を生きるしかない。心が苦しむ時、迷うとき、それも仕方がない、全てよしとして受け入れて生きるしかない。

信仰について学び、又天風の哲学を学んで見て、どうやら神様は遠くの方にいらっしゃるのではなく、私のすぐ側に、いや私の中にいらっしゃるとどちらの考えも説かれている。

宗教と天風哲学では、全く相入れない異質な考え方であるにも関わらず、その点は共通している。私を包み込んでいて下さる、その神様に全てをおまかせし、ついて行く。身をゆだねることを学ぶことが信神であり、安心な日々を過ごすための唯一の答えのように思える。

神様にも守られている。さらに多くの人に守られ、支えられている。

その応援歌を私は聞くことができる。

（２００７・８）

バブルの精算

古い友人の口癖である。

「気持ちのいい人だけを相手に、好きな仕事だけをして生きてゆきたい。」

仕事をする上で、こんな贅沢は絶対に許されないことだろうし、現実には不可能なことだろう。しかし多くの辛酸をなめた経験から出た言葉としての重みがある。

手慣れた仕事をしている間は何の危険も起こらない。苦痛もなくて済むだろう。自分の能力以上のことに挑戦して人は躓《つまず》く。

できる範囲内だけの仕事をし続ける。そのことを仕事はなかなか許さない。その理由の一つは人の持つ果てしのない欲望、そしてもう一つの理由は事業そのものが持っている自己増殖作用のせいで。事業は成長することによってのみ存続が許されるようなシステムにできている。そして事業が拡大することはその成員、特に経営者に能力の向上を要求するものだが、不断に能力の向上への努力を心掛けても、能力の方はどうしても不足の状態に陥りがちだ。スタッフの能力の総和から逸脱した背伸びは不誠実と知りながら、知らず知らず事業は拡大する。

敵を知り、己れを知れとは孫子の兵法の第一の教えだが、冷静に自分を見つめられる人は少ない。できる事とできない事の境界が曖昧となり、できない事を「できない」という潔さを失ってしまう。

仕事の方が能力の限界を超えると同時に、生活の方も、自分の分に応じた生活を逸脱し、水膨れした不誠実なものを含んだものとなる。

「シンプルライフ」私が人生に対し、最初に抱いたモットーだ。この数年間、私はその言葉をうっかり忘れて生きて来た。

株価や土地の価格が上昇したり、下降したりするのは、需要と供給による単なる経済現像にしかすぎない。バブルといわれるものの真の正体は我々の心の中にある。

バブルは精算されなければならない。しかしながら、未知なる未来へ向かって生きてゆくに必要な夢を見ること、目標をかかげること、目標の実現のために努力することまでが否定されてはならない。夢の対象が何であるか、そのことが厳しく問われている。

（1992・3）

経営者の役割

平常は失念しているが、時折思い出されて責任の大きさに戸惑い不安感にとらわれる事柄がある。それは一緒に仕事をして下さる社員に対して私は充分なことができているのかという自問である。片腕とも頼りにし、いつまでも一緒に仕事をしてもらえることを期待しながら、社員の立場に立ったなら一生を捧げるだけ価値のある職場であるだろうか。まして彼等が若い人であれば人生の基盤を確立し、又それなりに若い日々を謳歌しなければならない青春の時を預かっている。

昔タイムマネジメントの勉強をした時「キーエリア」という概念を教えられた。私達の活動領域は人それぞれだが、活動する領域を明確にし項目立てしなければならないこと、その領域は九ケ以内であること。そしてその領域の第一番に位置付けるべき項目は一人でも部下のいる人はインデックスの名称を「スタッフ」としなければならないと教えられた。毎日スタッフについて考えるようにという思想である。

夜遅くまで働いている社員を見ていて、私自身勤めをしていた時代を思いかえし、あれだけ仕事をしただろうかと自信がない。彼等は何を思い働いているのか。私も働くことについてはあれこれ考えてきた。そしてやっと労働観とでもいうべき一つの考え方を確立できたのは近時のことである。

経営者である私たちも働くとは何か、何のために働くのかを明確にする必要があると思う。その上で働くことの意義を語り合わなければならない。お互いが少しでも向上するように啓発し合い、意思の疎通を図ることでスタッフが働くことの意義を共有できたらどんなに素晴らしいことだろう。

（1993・7）

時代を見ているか

四月も終わりになると、街行く人たちの服装もすっかり軽やかなものとなり、若者は流行の少しでも細身に見える衣装を身につけて少し汗ばむ好季節を楽しんでいる。駅前通りで祭りがあるせいか商店街もいつになく人通りが多い。私は立ち止まり、人の流れをぼんやりと眺めながら自問する。

「私は時代を見ているか。時代が見えているか。」と。

人並みには新聞にも雑誌にも目を通し、ビジネスを通して最新の経済情報にも触れ、また新しい映画も観、若い人と話してその感覚も体感しているけれど、本当に新しい時代の息吹が正確に嗅ぎ取れているのだろうか。

私たちに与えられた時間は限られている。
私たちの生きる空間も限られている。
そして、どうやら物を見る目も怪しいものだ。

二十年後日本人はどんな心持で、どんな暮らしぶりをしているのだろうか。解き明かしたいけれど、謎めいていて解けないパズルだ。

二十年が経過して、振り返って現在を見るならば、それは手品の種が明かされるように不思議だった現象も一つの必然の糸で結ばれた、一遍の物語（ストーリー）として現出するに違いない。

もっと熱心に時代をウォッチングしたいと思う。未だかつてない程に激変する時代に立ち向かえるからこそ体験できる蠱惑《こわく》的なゲームはめったにないだろう。

そしてさらに大切なことは私たちの日々の判断が、ストーリーの作成に大きく関わっていることである。傍観者でいることを許されず、好む好まないに関わらず、意識するしないに関わらず、私たちはそのストーリーの大切な登場人物を演じている。

抽象的な表現だが、精一杯生きた人の軌跡はその時代を代表する生き方となる。

精一杯生きたいと思う。

「私たちは時代を見ているか。新しい時代の形成に参加しているか。」

そのことを自問し続けながら。

（１９９８・４）

慣性の法則

春には種を蒔き、五月雨の頃田植えをし、夏草とりをして、やがて実りの秋を迎える。日本人は四季をそのように過ごし、生活の糧を得て暮らしてきた。来る年も来る年もそうして暮らしてきた。何千年も昔、栽培という技術のない時代にも春、野や山に萌え出る草木の芽を刈り、夏秋それぞれの季節の果実をとって生きてきた。年々歳々基本的に変わらない生活のパターンがあった。日の出の時を測り、風の音を聞き、雲の動きをながめて生きてきた。

今、私たちに求められているのは、創造と破壊である。そのことが言われ始めて二十年にもなるが、世紀を超えて、その求められるもののスピードが劇的に加速した。

破壊とは事業でいえば、商品と顧客と販路と販売手法のすべてを変革することである。その全ての要素について、一年前と比較して何をどう変えられたか検討が求められている。すべての事業者が例外ではない。変えるという段階ではなく、商品と顧客の一新を求められる場合もある。

新しいことに挑戦することは困難をきわめる。新たな知識・技術も要求され、激しいストレスに見舞われる。

私たちは基本的に安定を求めている。手馴れたことは本当にやりやすい。できることなら去年と同じ今年であって欲しい。そして同じ来年が来ることが約束されていてほしい。

心身に慣性の法則が働いている、遺伝子のレベルで。

能力開発に関する本が花盛りだ。書名を挙げればきりがないくらい、ベストセラーに名を連ねている。確かにこの変化に対応できる能力を修得しなければ、時代から取り残されるに違いない。しかし問われていることは、そんなこざかしいスキルなのだろうか。

そうではなくて、求められているものは、安定・安全というカラを脱ぎ捨てて、激変に立ち向かう勇気、そして過酷な労働に耐えられるだけの体力気力と精神的支えとなる高い使命感ではないだろうか。金銭欲や名誉欲ではこの時代はやり過ごせない。そんな覚悟のある者だけが、戦いの場に立てる。

その一方でみんながみんな頑張る必要はない。激しい競争からリタイアするのも立派な生き方であると考える思潮が広がらなければならない。

（2001・8）

効率追求

染色工場へ行く機会があった。残暑も厳しく、釜の熱もあり工場の中は蒸し風呂のようだった。工員は年老いた人が多くいかにも熟練した手つきで、かせどり・糸染め・巻き上げ・検品作業などしていた。児島地区はかつては繊維産業で栄えた町で、繊維に関わる工場が軒を並べ活気にあふれていた。今そんな工場が消えていっている。

街を歩けば赤提灯を下げた店が今も夕方には灯りをともし、工場帰りの人たちがしばし酒を酌み交わし話に花を咲かせる。

感傷ではなくて、この人たちの働く工場と生活の場は守られなければならないと思う。高い生産性、あるいは高い技術のある企業さえ、仕事が不足し、存続のためにあえぎ、そうでない企業は淘汰される。それが市場経済の原理で、そのことだけが日本経済の活力の再生手段であるとしても、そんな経済は人を幸せにしない。

経済が成熟して旧来の商品、サービスは溢れかえり価値が陳腐化して付加価値を減少させている。新しい商品、サービスの出現が待たれるけれど、今の生活以上の利便性を人々が必要としているかどうか。末端の消費が食傷気味で、逆に簡素な生活が求められる風潮さえ今は顕在化しつつある。だから資本財、生産財のすべてが過剰となって国全体の効率は低下の一途をたどる。一九八〇年に比べ企業全体の資本生産性は70％低下した。それは企業が儲からなくなったことを意味している。さらに限られたマーケットの中で激しい競争が行われれば、一強百弱の世界となって多くの企業は淘汰される。事実大企業は生産性を高め、収益力を回復したが、多くの中小企業は苦境に陥ったままである。

何百万単位の労働者の転職が必要となっているが、営利追求を果たせ、労働生産性を高めていけるような事業分野は今のところ見当たらない。効率の追求が大原則の社会の未来は、意外にバラ色でないかも知れない。

映画「寅さん」で、妹さくらの主人「ひろし」が働く小さな印刷工場がなくなることのないように祈りたい。単純作業の糸くりにも三十年四十年の職人の技があり、熱とほこりにまみれた工場には生活者の息遣いがある。そんな会社が存続できることが社会のゆとりである。

（2001・9）

1970年代

「男はつらいよ」全四十八作が連続放映される企画があって、初期の作品を何本か見直すことができた。馬鹿でろくでなしの渡世人の生き様が笑いと涙を誘って国民的英雄でありつづけた訳は、私も三十年間見つづけていて解けない謎だ。その謎解きはまたの機会に譲るとして、私が意外な感じを受けたのは、三十年前の人々の暮らしぶりである。衣食住は少し貧しいけれど不自由なく人々は暮らしている。

その時代と比較して、二十一世紀の現代が裕福になったといえるのだろうか。物質的豊かさ、利便性をそして精神的豊かさも声高に叫ばれて私たちは馬車馬のごとくあれから三十年走りつづけて、多種多様な財貨とサービスに周囲から押しつぶされんばかりに取り囲まれているけれど、生活の質を高めてきたといえるのだろうか。どんな財貨にもサービスにも、過剰供給ゆえに稀少性はなく、従って感動もなく、精神的にも、荒廃と不安ばかり目に付くとしたら、１９７０年代以降の三十年間は一体何だったのだろう。

村上龍氏がバブル崩壊後の十年を検証したテレビの番組を思い起こす。「失われたのは十年ではない。失ったのは日本が高度成長期を終えた１９７５年以降の二十五年間である。戦後の経済史における最大の『断層』がその時代にあり大転換点であったにもかかわらず、新しい価値観を立上げることができず、目標を見失い漂流した二十五年であった。」というのが結論であった。

太平洋戦争敗戦後の経済復興という国の方針は正しかった。すべての物が灰燼に帰した国土の再建は何より物質的生活基盤の確立が優先された。そして、１９７０年大阪万国博覧会が開催されたとき、一応の再興が果たせ、国は次なる目標を見つける必要があった。しかしあまりの成功体験ゆえに経済第一という考え方は放棄できず、そしていったん走り出したら止められない国民性ゆえに、さらに長期的なビジョンを欠くという政治家の資質のために、国家は1945年の覚悟と方針のままに走りつづけた。

「生活大国・環境優先・文化立国」等々新しい国是とすべき思想の萌芽はあったけれど、舵を転換するのではなく、田中角栄という、金権体質のかたまりのような政治家にアクセルを踏ませた。それから三十年間私たちは経済的豊かさという不思議な快楽を追い求めながら漂流を続けている。そのような時代に寅さんは熱い共感を受け続けた。経済的繁栄と安定に背を向けて生きた寅さんは、一服の清涼剤というよりは一服の解毒剤であったのかも知れない。

（2001・10）

新しい風

新しい風が吹いている。やっと私たちは人間が人間らしく、自由に個性的に、心豊かに生きていける社会のとば口に立つことができた。心の時代の到来が言われて久しい。「心の時代」それはかれこれ三十年前からの我が国のキャッチフレーズだった。口ではそう言いながら、現実には物質中心、経済成長中心に社会は運営され、人々もその心地良さにとらえられ、経済的繁栄という価値観から抜け出せずに生きてきた。

物質的に豊かになることは誰にでも出来る。しかし精神的に豊かに生きることは口で言う程簡単ではない。そのことには才能がいる。覚悟がいる。生活の形を転換するまでにはある程度の期間を要する。そしてやっと機は熟したと言える。

テレビを見ていて、新しい時代にふさわしい、新しい生き方が取り上げられているのが目に付く。少し前までなら、決して取り上げられることはなかった生き方だ。マイナーで、異端とも言え、落伍者とも言える生き方だ。

農村に帰る人々
仏像を彫る若者たち
出家するサラリーマン
山に天候さえ許せば毎日登る人
自分の好みのチーズ作りに励む人
貧しい暮らしぶりを競う娯楽番組・・・

一人一人が覚醒を始めた。
新しい居場所を探し始め、棲みつき始めた。
やっと世間体という呪縛を逃れて、個人の好みを第一とする生き方が
実現できる時代が到来した。

財政に支えられたバブルはもういらない。過剰な金融に支えられた不必要な企業群もいらない。賃金もその一部がバブルなら、適切な水準まで切り下げられればいい。

堅実な事業と堅実な生活、穏やかでかつ鋭敏な魂が守られさえすれば十分である。

大多数の人たちの心の準備は完了している。

混乱、破綻、不安、閉塞、それらはすべて旧体制側（アンシャンレジーム）から見て、体制の補修に心砕く人々のいいである。同じ事を立場をかえれば、それは新しい風がふいている清々しい新世界である。

私たちは長い長い回り道をしているに過ぎない。経済の一時的破綻も、物質文明の行き詰まりも、確かな人類進化の一過程である。

（2001・12）

キャンパス日誌（その一）

今春私は岡山大学大学院経済学研究科（修士課程）へ入学した。仕事の合間に、あるいは仕事を終えて夜、学校へ行くことは慣れないことで一カ月余りは疲れ果てた。五月も終り頃になって学園生活にもなじみ、今では大学の埃だらけの教室に座って議論を聞いていたり、私も時々発言したりする空間が一番心落ち着く場になったように感じられる。

私の受講している科目は経済史中心だが、学友のほとんどは中国、蒙古、トルコ等東アジアの人達で、日本人は少ない。日本の大学院はアジアの人々のために開設されている、と言えば大げさだが、日本の若者が学ばないことだけは事実である。現代中国史の授業では教授も中国の人、受講生もほぼ全員中国人で現代中国に関し日本語で熱い議論が戦わされている。不思議な眺めだ。

週刊『ダイヤモンド』の最新刊には、近時大学院生に中高年者の多いことを揶揄して「国費で賄われる大学院教育は若者のために」という記事が掲載されていた。一方ドラッカーの最新刊『ネクスト・ソサエティ』には二十一世紀は知識労働者の世紀であること。そして彼等に最も大切なことは「知識労働者としての知識を最新に保つための継続教育である」とある。教育は実務の世界でも確かに受けられるが、ひとつのテーマに関して学問の壁さえ通り抜けていく視野の広さ、視座の確かさ、高い見識などは大学の教室にあって実業界にはないものだ。

日本はなぜこんな惨めな国になってしまったのだろう。現状が低迷、停滞しているだけでなく、未来に対する展望が全く持てなくなっている。なぜなのだろう。展望はどうすれば開けるのだろう。私一人で解ける問題でないことは承知している。気負うつもりもない。しかし残された生命をかけるには十分な設問だ。

この困難な時代にのんびりと教室で抽象的議論をしていていいのかと非難を受けるかもしれない。私にできることは多くの時間を割いてまで大学で学ぶ二年間をより意味あらしめるべく心に鞭をふるうことである。

「大学の空気が今日もおいしい！」

（２００２・６）

キャンパス日誌（その二）

大学院の受講講座の一つに「日本経済史」があって、一九三〇年代から現代までの経済を概観する。一九三一年柳条湖の南満州鉄道爆破に端を発して満州事変が勃発、やがて日中戦争に拡大、そして一九四一年太平洋戦争が始まった。その時代を生きた人にとって、いつ終わるとも知れない戦いの時代は、息苦しく暗い長い長い日々だったに違いない。長く思われた戦争の時代も太平洋戦争の終戦は一九四五年であり、満州事変から数えてその間わずか十四年でしかない。

十四年という同じ歳月を、私たちはバブルの崩壊後過ごしてきた。経済は破綻寸前の状態と言われながら、日常生活のレベルでは依然豊かで食糧不足ということもなく、平和で生命の危険もない。

先の大戦では何百万人の人命が失われ、都市は破壊され、全国民が生活の基盤を失って困苦にあえいだ。そんな犠牲を払って日本は平和と自由と民主主義の社会の賭場口に立つことができた。大きな変革を成し遂げるための前史としてその悲惨な時代は大きな意味を持つこととなった。

それでは平成二年以降の十四年間、大変革の時代と言われ新しい時代の到来が待望されたこの時代、安穏に暮らしながら、新時代のためのどんな前史を私たちは刻むことができたのだろう。

一九九〇年代を振り返って、

「私たちの戦場はどこだったのか。

手にしていた武器は何か。

どんな痛みがあったか。

何を失ったか。

そして、あなたの戦友は誰ですか。」

そんな質問に、あなたは答えられますか。

戦場も見えず、戦意もなく、血を流すことなく、緊迫感も持たずに時代を変える戦いは可能なのだろうか。

先の大戦中は大本営発表の神国日本の勝利を国民は信じて疑わなかった。そして今私達は氾濫する情報の中で何でも知り得る立場にいると錯覚に陥り、真実を何一つ知り得ていないのではないか。軍部の専制とその暴走を許したことを非民主、無知蒙昧《もうまい》と笑えるのだろうか。

真の英知がなくて乱世は切り開けない。

（2002・6）

六十歳

江戸時代といえば大昔のことである。明治維新にしてもはるか遠い昔の歴史上の出来事である、という風に漠然と理解している。私も満六十歳を迎えることになった。生きてきた六十年という歳月の重みがうまく理解できない。

私が生まれたのは昭和十八年、西暦一九四三年である。一九四三年から六十年間生きてきた訳だが、一九四三年を起点に六十年時間を溯れば、一八八三年、明治十六年になる。明治新政府は樹立されていたけれど、近代国家建設の途上で人々の生活の仕方も考え方もまだ江戸時代そのままであったであろう。マゲを結った人が往来を行き交い、刀を帯びた人もめずらしくはなかっただろう。大日本帝国憲法の発布は明治二十二年、第一回衆議院議員選挙は明治二十三年である。

どうやら私は日本が近代国家になってから、約半分の年月生きてきたことになる。

父は明治二十八年の生まれである。父の命と私の命をつなぎあわせれば、ほぼ近代日本の歴史そのものである。私の生きてきた六十年という歳月の長さを少しだけ納得する。同時に明治という時代も江戸時代もその後半はそんなに遠い昔のことでないことが、改めて理解できる。同時にその短い年月の間に起きた激しい変化に呆然とせざるを得ない。何もかもが変わってしまった。

昨年の春、大学院へ入学し「日本経済史」の勉強を少しずつやっている。テーマは一九七〇年代以降の日本経済とは何だったのかである。それは私が働いた時代そのものである。一九七〇年、昭和四十五年、朝日新聞は「くたばれGNP」というキャンペーンを大々的に展開した。しかしその後の現実は、日本は経済成長至上主義で走り続け、バブル崩壊後の今もＧＮＰの拡大以外に私たちは何の経済的目標も持っていない。

　私には二十歳近く年の離れた次兄がいて、太平洋戦争後シベリアに抑留されて病死した。二十一歳の若さだった。厳寒の中で食料も乏しく、戦友はいたに違いないが側に肉親の誰もいなくて、疲れ果て、病におかされ、そして死んで行った。

　シベリアの収容所のことは、香月《かづき》泰男《やすお》の絵と五味川純平の「人間の条件」とから想像するだけだが、人間の想像力というものには限界がある。決して氷点下三十度の寒さも、飢えも兵士たちのうめきも臭いも私には想像がつかない。

　そして五十年後日本という国が平和と自由を獲得し、経済的に爛熟と呼べる程に反映した姿を兄たちは想像したろうか。絶対にその当時の人は夢にも思わなかったに違いない。歴史の連続が疑わしいほど、そこには異質な二つの世界がある。

　そして、これから五十年後西暦二〇五〇年の日本を想像できる人は誰もいない。


（２００２・11）

破局

「非常事態」「有事」「薄氷の上」「綱渡り」「瀕死の状況」「残された時間は少ない」等々今の時代の表現として過激な言葉が氾濫している。「不況」も「停滞」も表現としては穏やかなものに思える。それらの言葉が言わんとしている危機が、言葉をいくら重ねても実感を伴わないのはなぜだろう。

綱渡りといえば中空に張られた一本のロープの上を歩いて渡ることだ。渡りきることは不可能で、その場に立つだけで気を失い、転落することだろう。そのリアリティを感受できず安穏な日常生活に私たちは埋没している。

事業に携わるものとして（いや生活者としても）私たちは評論家でも、

傍観者でもなく、実務家であり当事者である。私たちは今という時代を生きている。現実を直視し、分析し、来たるべき状況に対し具体的行動を起こさなければならない。

地球的規模で多くの課題が山積しているけれど、私たちが立ち向かわなければならない最大の問題は日本の経済の困難な状況である。明確にいえば経済が破綻の瀬戸際にあることである。

特に「財政」の安定的均衡がこの十五年間ほどで破壊されてしまって、従来の路線の延長線上に均衡の回復があり得ないことである。そのことは国民の大多数は既定のことと受け入れている。政治家と官僚が責任回避のために問題を先送りする。

いずれ来るであろう最終の政治的決断の形が未確定であるために私たちは身動きがとれない。しかし私たちは具体的に動かなければならない。

経済・社会に激震が走る時、経済活動上のストック（蓄積された資本・財貨）もフロー（財貨の流れ）もともに大きな打撃を受けることだろう。

ストックで言えば、一部私有財産権の否定に及ぶかもしれない。フローもまたダメージを受けることだろう。貨幣価値の激変も予想される。それらは革命的歴史の動きの中ではいつも起きることだ。

問題を困難にしていることは、財政の行き詰まりと同時に、ビジネスの興亡が起きていることである。新しいビジネスが興隆し、一方で多くのビジネスが近い将来消えてゆくことだろう。一つの業種業界の中でも大型化、寡占化が進行している。

歴史上の大激変期に私達は遭遇した。避けようもないことを避けてはならない。〝凝視〟する。そして備えなければならない。

いくらかの備えなら私たちにも可能である。

（2003・3）

詩と真実

明治維新の群像は小説にそして映画に枚挙にいとまがないほど取り上げられている。新政府側に立つ維新の武士たちも、また旧幕府側に立つ人々もそれぞれにドラマの主人公にふさわしい生き方を私達に示して感動を与えてくれる。

太平洋戦争敗戦後、日本の復興に立ち向かった人々もまた多彩にドラマティックである。政治家も官僚も企業家も学者でさえ、時代に正面から向き合い、命をかけて難事にあたった。彼等もまた五十年後百年後のドラマの主人公になりうることだろう。そしてどちらの時代も、歴史に名を残した人々だけでなく、名もない民衆も懸命に生きたが故にその足跡は心をゆさぶる。

ひるがえって現代の人々は「首相」も「日銀総裁」も「経済界のトッ

プリーダーたち」も百年後テレビドラマの主人公になりうるだろうか。私たち大衆も時代と切り結んだ軌跡を残して私たちなりの「詩と真実」を後の世代に伝えられるのか。希薄な気がする。いや正しい意味において私達は生きているといえるのだろうか。

そんな素朴な疑問に答えをだすことが、現実打破の第一歩である。

こんな時代にも確かなものがいくつもある。最も信頼に足るものは己でなければならない。長くない生命であるけれど、与えられた使命をまっとうして生きることに対する矜持《きょうじ》を持っていれば、外界の皮相な変化や雑音に振り回されることはない。

人と人との良い関係の構築も、難しいことであるけれど努力を傾注するに値している。そしてその事ほど心楽しく、頼もしいものはない。

人と人との関係の一種類である企業組織も、価値観、危機感を共有し高い意欲と能力を持てた時、状況の変化に対応することができる唯一の力になりうる。そして、難しいことであるけれど、心身を鍛える程、大切なことはない。

一つだけ現実的な問題に触れてみたい。それはインフレの萌芽についてである。世の中はデフレ一色のように言われている。しかしひそやかにインフレ圧力は高まっているように思われる。

日本銀行が無制限の国債買取を検討しはじめた。すでに六十兆円の国債を保有している。潤沢な資金供給が続く。

「中央銀行が国債を保有することは禁じ手」であり「利払いさえ不可能な国債の発行は紙くずである」とは財政の前提である。その国債が最も安全な投資先であると言われる。経済規模の拡大、それに伴なう税収の確保は困難な情勢である。残された道は保守的でない手法としてのさらなる貨幣の発行しかありえない。日銀の新しい取組が日本経済を救うのかあるいは破綻に追い込むのか。今、日本銀行の動向から目が離せない。

（2003・4）

安定

真夜中、雨音で目がさめる。九月中ば次の季節を運んでくる雨が降る。私はぐっすり眠れているのだろうか。眠ってはいるけれど、それが重苦しい眠りであることが多い。とろけるようにくつろいでいない。枕を高くして寝ていない、そんな気がする。どこかに緊張感がある。心に特別の煩悶《はんもん》があるわけではないのになぜだろう。年齢のせいだろうか、体調不良のせいだろうか。

それもあるかもしれないが、私たちの生きている時代の暗鬱《あんうつ》さを映してはいないか。

耳にする暗いニュースの積み重なり、前途に対する見通しのなさ、それらが私たちの潜在意識を汚していないか。

今絶望的に欠けているものは「安定」とそして「希望」である。

そして安定こそが最も貴い。

明日も明後日も、平穏に暮らせて、予測不可能なトラブルに遭遇することはない。

そう確信して生きられることが大切である。

誰もが当然のこととして順守する社会規範が確立している。

それだけで相当部分安定は確保される。

心身は元来安定を得ることが簡単でない。肉体は何事も不調がないことが珍しいほどに脆い。心は統御不可能なほどに危うい。心身を安定させるためには、長期間の修行が必要である。

私たちが生活の場としている企業の経営は安定とは最もなじみにくい。そもそも、長期的安定など存在しない世界である。経営には改革と革新が求められる。そして、革新的であることと安定的であることは相反している。先端的であることも求められるが、常に最先端であり続けることは難しい。

利益というものが、これまたかりそめのものであてにならない。事業の繁栄を願うことは見果てぬ夢を追い続けるようなものである。だからこそ安定が貴い。心身においても、経営においても社会のあり方にあっても最優先事項は安定でなければならない。人はいつかは古い奴にならねばならないが、今は努めて古い奴でいるのが良い。

（2003・9）

平成の悲しみ

―美空ひばりの唄を聴きながら―

天神山のゆるやかな坂道（今、県立美術館が建っているあたり）を失業者の長い行列が進む。全員黒っぽい服装で無言である――。そんな情景が私の頭に浮かんだのは二十年も昔、日本がいまだ経済繁栄の絶頂期の頃であった。それからも時折、その情景が目に浮かぶ。いつかそんな時代が必ず来ると、私は心を引き締めた。日本は繁栄と平和を謳歌していて、砲弾が飛び向うわけでもなく死者が道端に転がっている訳でもない。飢饉で餓死する者や疫病で誰の手当も受けられない人々が街角に群がっている訳ではない。

眼前には平安な眺めが広がっている。うわべは取り繕われている。

しかし私には、その背後に今までとは少し別種の「地獄絵」が見える。

それは決しておどろおどろしくもなく、喧騒悪臭に満ちているわけでもない。

生きる意味も方法も見つけられない無明にいる多くの若者達、仕事に苦しむ人たち、仕事は高度な技量が要求されて凡庸ではつとまらない。対極には極めて低賃金な単純労働がある。仕事のない人が公表三百五十万人、実際にはその倍の人たちが仕事を求めていることだろう。今仕事はあるが、仕事を失う不安にさらされている多くの人々。そして何の準備もなく、老いを生きることになった老人達。

崩壊する家庭、地域社会、そしてコミュニティーとして最後の砦であった職場さえ揺らいでいる。挙げればきりがないくらいに社会の基盤に亀裂が走っている。

そんな抽象的なことだけでなく、一人一人の実生活を仔細に見れば、目を覆いたくなる悲惨さに満ちている。私の半生を振り返っても、仕事を通して見た眺めは慙愧に堪えないけれど、死屍累々としかいいようがない。

いつの時代にも悲しみはあった。例えばひとつ前の時代、昭和にも悲しみはいくらでもあった。前半の戦乱、後半の復興、それぞれに悲しみは人の影のように、いつも側にあったけれど、それは人生の一部として正しい位置を占めて、人々はその悲しみをいやす術を身に付けていて、悲しみを癒すことができた。美空ひばりの唄が多くの昭和の悲しみをすくい取っていたことがその歌を聴きながらよく理解できる。

平成の悲しみは何かが違う。その違いが何であるのか今はわからない。苦しみは人生の塩であるという。一時代前まで、人々に苦しみはあったけれど、そのことが人生に意味を与え、その人を磨いた。

現代の日本ほど自由で、平和で、豊かな時代はいまだかつてなかった。それなのに、なぜか息苦しく落ち着かない。それは今の平安が虚構であるから、そしてそのことに皆が気付いているからである。

私達は嘘でかためられた時代を生きた経験がない。解けない緊張、振り払えない不安、そんな平成の苦難は人々にいづれ成熟をもたらし、いつの日か大いなる開放をもたらすことがあるのだろうか。

（２００３・12）

めざすべきビジネスモデル

心落ち着かない時代である。特に事業をしていて安定感が失われてしまった。

安定は、企業経営の成功要因の反語である。すさまじい勢いで変化する経済・社会の動きに対し、いかに迅速に、企業、経営者、従業員が変革しながら適応していくか、そのことが要求されている。

変化はとどまることがない。世界的規模で変化は拡大し、加速している。市場の地球規模化、自由競争の貫徹、一握りの勝者と多数の敗者、それが経済社会の現実である。

マルクス経済学という怪物が二十世紀、地球上の半数近い人々に希望を与え、そして後に戦争と混乱と破滅をもたらした。その具体的物語を改めて語る必要もないであろう。経済思想というものの怖さを痛感する。そして今は又別の妖怪が世界中を闊歩している。新古典派経済学という名前の妖怪が経済は市場の自由な競争にすべてをゆだねればよいと叫んでいる。

限られたマーケットの中で、競争すればどういうことが起こるか。競争の激化により価格が低下する。さらに、生産性を向上させた者は他者の仕事を奪いとる。競争はさらに進んで、更なる価格の低下を招く。全体のパイは縮小し、その縮小したパイを少数者が独占し、多くの人が仕事を失う。

ありきたりの商品、製品、サービスの世界で起きていることを概説すれば、そういうことである。

生き残る方策は何か。

少数の勝者になること。

あるいは、これまでにない商品・製品・サービスを創造するか、道は二つである。

人間は変われない生き物である。非連続の世界には生き難いものである。

皆が皆、変化に対応をとれる訳がないし、またとる必要もない。

「安定は幻想である」とは、日産自動車のゴーン社長の言葉である。しかし誰もがゴーン社長のように、強い人、有能な人になれる訳がない。人は慣れた仕事ぶり、生活に安住していることこそ心地良い。変化に対して適応可能なひとは適応すればよい。熾烈な競争に勝つ自信のある者は競争に挑戦すればよい。しかし、その競争の勝者は少数であり、かつ競争にゴールはなく勝ち続けることは論理的に不可能である。勝者もいつかは敗者となる。

競争から離脱すること、或いは最低限の競争に止め、最小限の変革を目指すべきである。それは敗北ではない。

具体的にはどうあるべきか。

内橋克人氏が九〇年代半ばから説いているように、私たちは会社一元の社会でなく、「多元的経済社会」を築くべきではないか。営利追求を第一義とする会社だけでなく、ＮＰＯ、協業組合等がさまざまな経済主体が幅広く経済活動を行う社会へ移行すべきである。

もうひとつの道は私たち一人一人が職人・専門職業人化し、個人として或いは協同で生きて行くべきではないか。

様々なビジネスモデルが共存し、又様々な生き方が許容される社会こそ住まいやすい。

（２００４・１）

昭和の子供たち

写真家、土門拳には子供たちを写したたくさんの作品があり、高い評価を得ている。

昭和二十八年、東京の下町「江東」の子供たち、昭和三十四年、「筑豊」の子供たち、貧しかった時代であるが、瞳を輝かせて生きる子供たちがそこに写されている。

民俗学者宮本常一は、戦後の日本の村々を歩きながら（延《の》べ行程、十六万キロメートルと言われる）、そこに暮らす人々を写真におさめた。そこにも多くの子供たちの写真があって、屈託のない笑顔ばかりだ。

昭和の三十年代から四十年代、日本は人類史上例のない経済的成長を遂げるけれど、その恵まれた環境の中で、その子供たちは成人し、社会に出て働き、それぞれに豊かさのおすそわけにあずかることが出来た。

右肩上がりの成長、豊かさへの確信、希望があり、そして何より平和な時代であった。そんな時代を懐かしむ時代思潮が見られるが、その時代を正しく評価することはなかなかむつかしいことに思われる。

現在その子供達が六十歳前後に達した。私もそんな子供の一人である。久しぶりに同級生と再会して愕然とするのは、そんな良い時代を生きて来てさえ、避けることの出来なかった生きるということについてまわる苦労の痕跡を顔や姿に見ることである。

キラキラと輝いていた瞳は年齢を重ねて、六十歳の相貌に深みを与えているというよりも、老化というだけでは説明のつかない深い疲労感をにじませている、そんな印象を受けることが多い。

昭和の子供たちには、はじけるような笑顔があった。

アフガニスタンやイラクの子供たちの写真を見るとき、同じ瞳を見つけることができる。

そんな笑顔を、今の日本の子供たちは失ったのかもしれない。

昭和の生き生きとした子供たちが、恵まれた時代を生きて六十歳に辿りついてみれば、必ずしもその足跡は安穏なものではなかったように思われる。

今さらながら、生きるということは大変なことなのだと思い知らされる。良い時代を生きることが、幸せな人生を過ごす上で何の担保にもなり得ないのかもしれない。

それでは今の子供たちはこれからの厳しい時代を生きて、より一層疲弊して老年を迎えるのか。必ずしもそうではない気がする。気がするというより我々の老後よりも充実した老後を彼等が手に入れることに確信さえ感じる。なぜならば、これからの人は年齢を重ねることを上手に学習し、老人学といえるものが確立し、これまでのように無防備に老人になることは少なくなるだろうから。

（2005・5）

男はつらいよ

折りにふれて、映画「男はつらいよ」を見直す。主人公、車寅次郎が日本のあちこちを旅して、恋をして失恋する話を見飽きることがない。フーテンとは辞書の解説によれば、言行錯乱、感情激発とあるけれど、若い頃の寅さんは文字通り、その通りで身内にそんな男がいたらさぞかし困ることだろうと思う。自分では〝渡世人〟と名のったり、〝ヤクザ者〟と言ったりするが、要するにこの世からはみ出した人間である。その一方で、心優しく、繊細でさえある。山田洋次監督の作り上げたそんな人間の魅力が人を惹きつけて止まない。

しかし、一九六九年の第一作から、一九九五年の第四十八作まで二十七年間の長さに渡り、馬鹿でろくでなしの渡世人の生き様が笑いと涙を誘って国民的英雄であり続けた理由はそれだけであろうか。三十年近い歳月の間に日本も日本人も変わって行った。しかし寅さんは誕生以来全く変わらない。豊かさを求めて、競争しながら忙しく働き、私たちは豊かだといわれる生活を手に入れた。一方寅さんは、渡世のために街頭で小商売はするけれど、儲けようとか資本を蓄積しようとか、商売を大きくしようとかはまるで考えない。その日の宿代と食事代と汽車賃のために少しいかがわしい商品を売るけれど、それは祭礼には欠かせない風物詩程度のことだ。

経済的に豊かになるために、私たちは頑張ったけれど、頑張りながらその一方でそんな生き方になんとなく、疑問を感じ、違和感を覚えたことも確かである。明確に意識してではないけれど、社会に背を向けて生きる寅さんに私たちは共感しているのかもしれない。変わらないがゆえに、寅さんだけが私たちがなくしてしまった古い日本人の感性・生き方をなくしていない。

そして、もう一つ見飽きぬ理由がある。人間のドラマとして豊かなのは当然であるが、それを捨象してもシリーズが長期に渡ったが故に、一九七〇年代から一九九〇年代にかけての時代の記録になっていることである。都会も、全国の地方都市、そして名もない農村・漁村の風景が美しく暮らしが懐かしい。風俗そして三十年間の日本の歴史、ドルショック、円高不況、リゾート開発、バブル何もかもが記録されていて繰り返し見て、退屈することがない。何度か観るうちに、隣のタコ社長が経営する印刷会社の社名が「アサヒ印刷」であることを発見して、また一つ親しみを感じたりもする。画面が時の経過と共に輝きを増し続けることだろう。

（2007・3）

あとがき

どんなに厳しい冬でもやがて春は訪れる。

天職であると信じ、ビジネスマンとして生きた人生であるけれど、日本人としての感性を失くすことはなく、心のどこかで自分の生き方を問い続けていました。自分達の生きてきた時代の意味は…。そして、本当の幸せとは…。

平成十八年七月二十六日、検査から帰って第一声、

「見つかったよ。すい臓癌が。検査の人が大騒ぎしたよ。」

と、情けないような、おどけたように話す主人の言葉に、頭の中が真っ白になりました。この日から生死と向き合う日々が始まったのです。しかし、主人には悲愴感は無く、私は胸が苦しくて、二階の書斎に駆け上がり、主人の机の上の原稿に目を落としました。なんとしても主人のエッセイ集だけは仕上げてほしいと切に思ったのです。

この日から一年半の間にも主人は書き続けました。鋭い感受性に恵まれ、より多くのことを感じ、心豊かであった反面、真面目で不器用であるがゆえに苦

しみも多かったと思います。

最後の一週間、自宅に帰って庭を眺めながら、「幸せな人生であった。」と言った次の日の朝、静かに息を引き取りました。その顔には満足そうな笑みが浮かんでおりました。覚悟をしながらも、最後の一瞬まで希望を持ち続けていられた強い心。そしてあまりに爽やかな最期に悲しいながらも心が温かいもので満たされるような不思議な感覚でした。

あなたの人生を通して多くの事を学ばせてもらうことができました。あなたと歩むことができた人生に感謝しています。

そして、この本を読んでいただいた方の心の中にポッとろうそくの炎のような優しく暖かい何かを感じていただけたら幸いです。

最後になりますが、この本のためにご協力いただいた主人の幼稚園からの親友である藤原義人さん、素敵な桜の作品を描いて下さった銅版画家・安井寿磨子さん、涙をこらえて編集してくれた子供達、そして、お世話になった全ての皆様に心より感謝申し上げます。

奥山　みどり

著者プロフィール

奥山　晥（おくやま　きよし）

1943年(昭和18年)岡山市龍之口八幡宮
宮司の家に生まれる。
神戸大学経済学部卒業。
詩人になることを夢見るも、税理士資格取得後、
1977年(昭和52年)奥山晥税理士事務所
(現·あさひ合同税理士法人)開業。
1998年(平成10年)株式会社あさひ合同会計設立。
59歳で岡山大学大学院経済学研究科に入学し、
1970年代以降の日本経済史について研究する。
2007年(平成19年)12月21日没。享年65。

春を待つ

2008年3月29日　発行

著　者　奥山　晥

発行所　株式会社あさひ合同会計

発売所　吉備人出版
〒700-0823　岡山市丸の内2丁目11-22
TEL.086-235-3456　FAX.086-234-3210
ホームページ　http://www.kibito.co.jp
Eメール mail　books@kibito.co.jp

印刷·製本　凸版印刷株式会社

ISBN978-4-86069-195-0 C0095